A Agulha Oca

CLÁSSICOS ZAHAR
em EDIÇÃO BOLSO DE LUXO

Aladim*

Alice
Lewis Carroll

Sherlock Holmes (9 vols.)*
A terra da bruma
Arthur Conan Doyle

As aventuras de Robin Hood
O conde de Monte Cristo
Os três mosqueteiros
Alexandre Dumas

O corcunda de Notre Dame
Victor Hugo

O ladrão de casaca*
Arsène Lupin contra Herlock Sholmes*
Maurice Leblanc

O Lobo do Mar*
Jack London

O Pequeno Príncipe
Antoine de Saint-Exupéry

Frankenstein
Mary Shelley

20 mil léguas submarinas
A ilha misteriosa
Viagem ao centro da Terra
A volta ao mundo em 80 dias
Jules Verne

O Homem Invisível*
A máquina do tempo
H. G. Wells

Títulos disponíveis também em edição comentada e ilustrada
(exceto os indicados por asterisco)
Veja a lista completa da coleção no site zahar.com.br/classicoszahar

Maurice Leblanc

A Agulha Oca

Tradução:
Jorge Bastos

Copyright © 2021 by Editora Zahar

*Grafia atualizada segundo o Acordo Ortográfico da Língua Portuguesa de 1990,
que entrou em vigor no Brasil em 2009.*

Título original
L'Aiguille creuse

Capa e imagem
Rafael Nobre

Preparação
Silvia Massimini Felix

Revisão
Carmen T. S. Costa
Renata Lopes Del Nero

Dados Internacionais de Catalogação na Publicação (CIP)
(Câmara Brasileira do Livro, SP, Brasil)

Leblanc, Maurice, 1864-1941
   A Agulha Oca / Maurice Leblanc ; tradução Jorge Bastos. — Iª ed.
— Rio de Janeiro: Zahar, 2021.
                              (Clássicos Zahar; edição bolso de luxo)

   Título original: L'Aiguille creuse.
   ISBN 978-65-5979-018-0

   I. Romance 2. Ficção 3. Ficção policial e de mistério (Literatura
francesa) I. Título II. Série.

21-64240   CDU: 843.0872

Índice para catálogo sistemático:
I. Ficção policial e de mistério: Literatura francesa 843.0872

Aline Graziele Benitez – Bibliotecária – CRB-I/3129

[2021]
Todos os direitos desta edição reservados à
EDITORA SCHWARCZ S.A.
Praça Floriano, 19 — Sala 3001 — Cinelândia
20031-050 — Rio de Janeiro — RJ
Telefone: (21) 3993-7510
www.companhiadasletras.com.br
www.blogdacompanhia.com.br
facebook.com/editorazahar
instagram.com/editorazahar
twitter.com/editorazahar

Sumário

Apresentação, *7*

1. O tiro, *11*
2. Isidore Beautrelet, aluno de retórica, *41*
3. O cadáver, *72*
4. Frente a frente, *100*
5. Na pista, *131*
6. Um segredo histórico, *153*
7. O Tratado da Agulha, *178*
8. De César a Lupin, *206*
9. Abre-te, Sésamo!, *225*
10. O tesouro dos reis da França, *248*

Cronologia:
Vida e obra de Maurice Leblanc, *283*

Apresentação

Maurice Leblanc nasceu em 1864, em Rouen, na Alta Normandia francesa. Filho de um empresário da construção naval e de mãe oriunda de família tradicional, veio ao mundo pelas mãos de Achille Flaubert, médico e irmão do já consagrado Gustave, ambos amigos íntimos da família.

Formado em direito, aos 24 anos vai para Paris, onde se torna jornalista e começa a escrever contos, romances e peças teatrais. Em 1905, Pierre Lafitte, um editor conhecido e respeitado, convida Leblanc a publicar uma ficção policial na revista *Je Sais Tout*.

O personagem que resulta do convite é, possivelmente, uma mistura de cinco figuras históricas e literárias: o anarquista francês Marius Jacob, famoso pela generosidade com suas vítimas; um conselheiro municipal de Paris chamado Arsène Lopin; bem como os ladrões de casaca ficcionais Raffles, criação de Ernest William Hornung, Arthur Lebeau, personagem do romance *Os 21 dias de um neurastênico*, e o protagonista da peça *Scrupules* – os dois últimos concebidos por Octave Mirbeau.

Sherlock Holmes, o detetive de Arthur Conan Doyle, é também uma evidente inspiração – em negativo – para Arsène

Lupin. Ambos são indivíduos superdotados no que se refere a grandes estratagemas, um do lado da lei, desvendando-os, o outro do crime, concebendo-os – ainda que o anti-herói francês aja sempre de acordo com seu código de honra anarquista e cavalheiresco.

Intitulada "A detenção de Arsène Lupin", a primeira aventura de Lupin aparece no nº 6 da *Je Sais Tout*, em 15 de julho de 1905. O sucesso é imediato e outras oito a seguem. Logo na segunda história, "Arsène Lupin na prisão", Holmes é mencionado como exemplo de bom investigador. No ano seguinte, ele reaparece como coadjuvante em "Sherlock Holmes chega tarde demais", sendo derrotado por um jovem Lupin. Dessa vez, contudo, Conan Doyle não achou divertida a apropriação de seu personagem – ou o desfecho do duelo – e recorreu à justiça para barrá-la.

Em 1907, as nove histórias inaugurais foram reunidas na coletânea *O ladrão de casaca*, trazendo o embate com o rival inglês como fecho do volume, porém com uma pequena alteração: Sherlock vinha parodiado como Herlock Sholmes. Essa nova encarnação do gênio de Baker Street apareceria ainda em três outros livros: *Arsène Lupin contra Herlock Sholmes* (1908), *A Agulha Oca* (1909) e *813* (1910).

O sucesso de Arsène Lupin e suas mirabolantes aventuras só fez crescer. Entre 1905 e 1941, o personagem protagonizaria ao todo quinze romances, três novelas e 38 contos, distribuídos ao todo em 23 livros, afora quatro peças de teatro. Sua astúcia e fama chegaram a fazer com que o criador da série, em 1921, fosse convidado a colaborar com a Sûreté, a polícia francesa. Maurice Leblanc casou-se duas vezes e teve uma filha do primeiro casamento e um filho do segundo. Após sua morte, em 1941, dois romances de Lupin ainda seriam publicados, um deles inacabado.

Esta é uma versão reduzida da apresentação de Rodrigo Lacerda para *O ladrão de casaca: as primeiras aventuras de Arsène Lupin*, publicado pela Zahar em 2016.

1. O TIRO

RAYMONDE PRESTOU ATENÇÃO. De novo, e por duas vezes, o barulho se repetiu, nítido o suficiente para se destacar acima de todos os sons que confusamente formam o grande silêncio noturno. Ainda assim, era fraco demais para que se pudesse dizer se vinha de perto ou de longe, de dentro do enorme castelo ou de fora, lá dos escuros recônditos do parque.

Ela se levantou de mansinho. Sua janela estava entreaberta, Raymonde afastou os batentes. A claridade da lua banhava a calma paisagem gramada e os pequenos bosques, onde as ruínas dispersas do antigo monastério se destacavam como silhuetas trágicas, colunas mutiladas, ogivas pela metade, restos de pórticos e de arcadas. Uma brisa varria suavemente essas superfícies e atravessava os galhos nus e imóveis das árvores, mas agitava as folhinhas nascentes de alguns tufos de plantas.

De repente, o mesmo barulho... Vinha mais da esquerda e abaixo do andar em que ela ficava, ou seja, dos salões da ala oeste do castelo.

Mesmo sendo corajosa e forte, a sensação de medo a invadiu. Ela vestiu um penhoar e procurou os fósforos.

— Raymonde... Raymonde...

Quase com um suspiro, alguém a chamava do quarto ao lado, que não estava trancado. Ainda às escuras, ela já se dirigia para lá quando Suzanne, sua prima, abriu a porta e praticamente caiu nos seus braços.

— Raymonde... É você?... Você ouviu?

— Ouvi, sim... Você não estava dormindo?

— Acho que o cachorro me acordou... já faz algum tempo... Mas parou de latir. Que horas podem ser?

— Umas quatro, mais ou menos.

— Ouça... há alguém andando no salão.

— Não tem problema, Suzanne, seu pai está lá.

— Mas é o que me preocupa. Ele dorme no quarto ao lado.

— O sr. Daval também está lá...

— Do outro lado do castelo... Como vai ouvir alguma coisa?

As duas hesitavam, sem saber o que fazer. Chamar? Gritar por socorro? Não se atreviam, pois até o som das suas vozes já parecia perigoso. Suzanne, no entanto, tinha se aproximado da janela e precisou fazer um esforço para não gritar.

— Raymonde... tem um homem perto do laguinho.

De fato, alguém se afastava com passadas rápidas. Carregava debaixo do braço algo bastante volumoso que elas não puderam identificar, mas que, batendo na sua coxa, atrapalhava a marcha. Elas o viram passar perto da antiga capela e se dirigir a uma portinhola que havia no muro. Devia estar aberta, pois o homem de repente desapareceu, sem que se ouvisse o rangido que os gonzos sempre faziam.

— Ele veio do salão principal — disse Suzanne, baixinho.

— Não, a escadaria e o saguão o teriam deixado bem mais à esquerda… A menos que…

As duas tiveram a mesma ideia e se debruçaram. Logo abaixo, uma escada de madeira estava apoiada contra a parede, indo até o primeiro andar. A claridade iluminava a sacada de pedra, e outro homem, que também carregava alguma coisa, pulou o parapeito, desceu pela escada e tomou o mesmo caminho.

Apavorada e sem forças, Suzanne caiu de joelhos, balbuciando:

— Vamos gritar!… Pedir socorro!…

— Quem vai vir? Seu pai?… E se houver outros homens? Vão atacá-lo.

— Podemos avisar os empregados… sua campainha toca no andar deles.

— Tem razão… boa ideia… Tomara que cheguem a tempo!

Raymonde foi até a campainha elétrica perto da sua cama e apertou o botão. O som vibrou num andar mais alto, mas as duas jovens tiveram a impressão de que também no de baixo o teriam ouvido.

Esperaram. O silêncio era assustador; nem a brisa agitava mais as folhas dos arbustos.

— Que medo… que medo… — repetia Suzanne.

De repente, no silêncio da noite, ouviu-se um barulho de luta no andar de baixo, com móveis empurrados, exclamações e, logo depois, horrível e sinistro, um gemido rouco, como o estertor de alguém sendo degolado...

Raymonde correu para a porta e Suzanne se agarrou desesperada a ela:

— Não... não me deixe sozinha aqui... estou com medo.

Raymonde se soltou e saiu pelo corredor, mas com Suzanne vindo atrás, esbarrando nas paredes, aos prantos. Desceu a escada pulando os degraus e chegou à grande porta do salão. Ali bruscamente parou, paralisada, com Suzanne quase desabando ao seu lado. A três passos delas, um homem com uma lanterna na mão cegou-as com o facho de luz. Olhou-as com toda a calma do mundo e depois, tranquilo, pegou seu boné, um pedaço de papel e um punhado de palha, limpou as marcas no tapete, aproximou-se da sacada, virou-se para as moças, fez uma reverência e desapareceu.

Suzanne foi a primeira a reagir, correndo até o pequeno aposento que separava o salão do quarto de seu pai. Já na entrada, porém, deparou-se, aterrorizada, com uma cena horrível. À claridade oblíqua da lua, estavam no chão dois corpos inanimados, um ao lado do outro.

— Papai!... Papai!... É você? O que aconteceu? — ela exclamava em desespero, debruçada sobre eles.

Pouco depois, o conde de Gesvres começou a recuperar os sentidos. Com muita dificuldade para falar, ele disse:

— Não se preocupe... estou bem... E Daval? A faca... a faca...

Nesse instante, dois empregados chegaram com velas. Raymonde correu até o outro corpo e viu que era Jean Daval, secretário e homem de confiança do conde. O rosto já estampava a lividez da morte.

Ela então se pôs de pé, voltou ao salão, desprendeu da parede uma espingarda que sabia estar carregada e foi com ela para a sacada. Não haviam se passado cinquenta ou sessenta segundos desde que o fugitivo pusera o pé no primeiro degrau da escada. Não podia estar longe, ainda mais por ter tido o cuidado de deslocar a escada para que ninguém o seguisse. Ela então de fato o viu, à altura das ruínas do antigo claustro. Apontou a arma com toda calma, fazendo mira, e disparou. O homem caiu.

— Pronto! Belo tiro! — comemorou um dos empregados. — Esse foi abatido. Vou até lá.

— Espere, Victor, ele está se levantando... Desça a escadaria e corra até a portinhola do muro. Ele só pode fugir por lá.

Victor se foi, mas antes que chegasse ao parque o homem já havia caído de novo. Raymonde chamou o outro empregado.

— Albert, está vendo o homem? Ali, perto da arcada principal?

— Sim. Está se arrastando pelo gramado... não vai longe...

— Vigie-o daqui.

— Ele não tem como escapar. À direita das ruínas há só um gramado aberto...

— E Victor toma conta da portinhola à esquerda — ela completou, pegando a espingarda.

— Não vá lá, senhorita!

— Vou sim — ela respondeu com firmeza e gestos decididos —, estou indo; ainda tenho um cartucho... se ele se mexer...

Ela saiu. Pouco depois, Albert viu-a seguir na direção das ruínas e gritou da janela:

— Ele se arrastou para trás da arcada. Não o vejo mais... tome cuidado...

Raymonde percorreu por completo o caminho ao redor do antigo claustro, para impedir qualquer possibilidade de fuga, e saiu do campo de visão de Albert. Cinco minutos depois, sem tornar a vê-la, ele ficou preocupado, e, para não deixar de vigiar as ruínas, em vez de descer pelo interior do castelo tentou alcançar a escada de madeira encostada na fachada. Quando conseguiu, desceu rápido e se dirigiu direto para a arcada onde havia visto o homem pela última vez. Trinta passos adiante encontrou Raymonde, já na companhia de Victor.

— E então? — ele perguntou.

— Traço nenhum do homem — respondeu o colega.

— E a portinhola?

— Estou vindo de lá... Tirei a chave.

— Mesmo assim... é preciso...

— Não há como escapar... Mais dez minutos e ele estará nas nossas mãos.

O arrendatário das terras e o filho, que tinham acordado com o barulho do tiro, chegavam da casa que ocupavam, que ficava mais distante à direita, mas ainda dentro dos muros da propriedade, junto com as granjas. Não tinham visto ninguém.

— Puxa! — estranhou Albert. — O infeliz não pode ter saído das ruínas... Vamos encontrá-lo em algum buraco.

Organizaram então uma batida metódica, revistando cada moita, afastando as espessas camadas de hera em torno das colunas. Confirmaram que a capela estava bem trancada e que nenhum dos vitrais tinha sido quebrado. Contornaram todo o claustro, sem deixar de olhar cada canto e recanto. Tudo em vão.

A única descoberta foi um boné de couro pardacento, como os que os cocheiros usam, no local em que o homem baleado havia caído. E nada mais.

Às seis da manhã, a polícia de Ouville-la-Rivière já tinha sido avisada e se dirigia ao local do crime, depois de ter enviado um correio expresso ao Ministério Público de Dieppe relatando as circunstâncias do delito, a iminente captura do principal culpado e *a descoberta do seu boné e do punhal com que foi perpetrado o ato criminoso*. Às dez horas, dois carros desceram a suave ladeira de acesso ao castelo. Um deles, uma venerável caleche, transportava o substituto do procurador e o juiz de instrução do Ministério, acompanhado de um escrivão. No outro, um modesto cabriolé, vinham dois jovens repórteres, do *Journal de Rouen* e de um importante órgão da imprensa parisiense.

O velho castelo surgiu. A antiga casa de abadia dos priores de Ambrumésy, mutilada pela Revolução e depois restaurada pelo conde de Gesvres, seu proprietário há vinte anos, contava com um prédio principal que tinha no seu topo um relógio, bem como duas alas, cada qual com sua pequena escadaria munida de um corrimão de pedra. Acima dos muros do parque, e para além do planalto sustentado pelos penhascos normandos, podia-se ver, entre os vilarejos de Sainte-Marguerite e Varangeville, a linha azul do mar.

Era onde viviam o conde de Gesvres, sua filha Suzanne, bonita e frágil criatura de cabelos louros, e a sobrinha, Raymonde de Saint-Véran, que morava com eles havia dois anos, desde que perdera, de uma só vez, o pai e a mãe. A vida no castelo era calma e rotineira. Alguns vizinhos vinham às vezes. No verão, o conde quase todo dia levava as duas jovens a Dieppe. Ele próprio era um homem de alta estatura, uma bela estampa, bastante grave, com cabelos grisalhos. Riquíssimo, administrava pessoalmente sua fortuna e geria as propriedades com a ajuda do secretário Jean Daval.

Tão logo entrou, o juiz de instrução pediu as primeiras informações ao cabo da polícia, Quevillon. Segundo ele, a captura do culpado era iminente, mas ainda não se efetuara. Todas as saídas do parque estavam sob vigilância. A fuga era impossível.

O pequeno grupo atravessou a antiga sala capitular e o refeitório, no térreo, encaminhando-se para o primeiro andar. De imediato, saltou aos olhos a perfeita ordem do salão. Móvel nenhum, sequer um bibelô parecia ter sido deslocado, nada parecia faltar. Magníficas tapeçarias flamengas se estendiam nas duas paredes laterais. Na que ficava ao fundo, quatro belas telas, em suas molduras de época, representavam cenas da mitologia. Eram os famosos quadros de Rubens que o conde de Gesvres havia herdado, assim como as tapeçarias de Flandres, do seu tio materno, o marquês de Bobadilla, um "grande da Espanha". O juiz de instrução, sr. Filleul, observou:

— Se o móbil do crime foi o roubo, não era esse salão que interessava.

— Quem sabe? — perguntou o substituto, que pouco se manifestava e, quando o fazia, era no sentido oposto ao do juiz.

— Ora, meu caro, despregar essas tapeçarias e esses quadros seria a primeira coisa que qualquer ladrão faria. Têm fama universal.

— Talvez não tenha tido tempo.

— É o que descobriremos.

Nesse momento, entrou o dono da casa, com seu médico particular. Não parecia minimamente abalado com a agressão sofrida e deu as boas-vindas aos dois magistrados. Em seguida, abriu a porta da saleta contígua ao seu quarto de dormir.

Ninguém mais, além do médico, havia entrado ali desde o crime. Ao contrário do salão, tudo estava na maior desordem. Duas cadeiras viradas de cabeça para baixo, uma das mesas destruída e vários objetos, um relógio de mesa, um fichário e uma caixa para papéis de cartas se espalhavam pelo chão, com algumas folhas sujas de sangue.

O médico afastou o lençol que cobria o cadáver. Jean Daval, com suas roupas habituais de veludo e botinas com biqueira de metal, estava estirado de costas e tinha um dos braços dobrado sob o corpo. Haviam aberto sua camisa e via-se um amplo ferimento no peito.

— A morte deve ter sido instantânea — declarou o médico. — Bastou um golpe.

— Terá sido a faca que vi sobre a lareira do salão, perto de um boné de couro?

— Exatamente — confirmou o conde de Gesvres. — A faca veio daqui mesmo, estava com outras armas, na parede, onde minha sobrinha, a srta. de Saint-Véran, pegou a espingarda. Já o boné de cocheiro é sem dúvida do assassino.

O sr. Filleul observou ainda alguns detalhes no cômodo, fez algumas perguntas ao médico, depois pediu que o sr. de Gesvres contasse o que havia visto e o que sabia sobre o ocorrido. O conde deu o seguinte depoimento:

— Foi Jean Daval quem me acordou. Eu aliás dormia mal, tinha lampejos de consciência, com a impressão de ouvir passos e, de repente, abrindo os olhos, vi que ele estava junto da minha cama, com uma vela na mão, vestido como ainda se encontra, pois quase sempre trabalhava até tarde da noite. Parecia bastante agitado e disse em voz baixa: "Tem umas pessoas no salão". Eu de fato ouvi o barulho. Levantei-me e entreabri devagar a porta da saleta. No mesmo momento a outra porta, essa que dá para o salão, foi empurrada e um sujeito se jogou em cima de mim. Deu-me um soco na têmpora. Conto assim dessa maneira por só me lembrar dos fatos principais. Além disso, tudo se passou de forma extremamente rápida.

— E depois?

— Não sei mais o que aconteceu… Quando recuperei os sentidos, Daval estava morto no chão.

— Assim de imediato, desconfia de alguém?

— Não.

— Tem inimigos?

— Não que eu saiba.

— Nem o sr. Daval?

— Se Daval tinha inimigos? Ele era a melhor pessoa do mundo. Há vinte anos trabalhava comigo e posso dizer que era também meu confidente. Apenas simpatias e amizades era o que havia ao seu redor.

— No entanto, uma parede foi escalada e houve morte. É preciso um motivo para tudo isso.

— Motivo? O roubo, pura e simplesmente.

— Quer dizer que roubaram alguma coisa?

— Nada.

— E então?

— Nada roubaram, nada falta, mas devem ter levado alguma coisa.

— O quê?

— Não sei com exatidão, mas minha filha e minha sobrinha com certeza vão contar que viram dois homens atravessarem sucessivamente o parque, carregando alguma coisa volumosa.

— E essas jovens...

— Sonharam? É o que fico tentado a achar, pois desde cedo não paro de procurar e fazer suposições. Mas pergunte a elas.

As duas primas foram chamadas ao salão. Pálida e ainda trêmula, Suzanne mal conseguia falar. Mais enérgica e até viril, Raymonde — também mais bonita, com um brilho dourado nos olhos castanhos — contou os acontecimentos da noite e o papel que tivera neles.

— Seu depoimento é então categórico?

— Perfeitamente. Os dois homens que atravessaram o parque carregavam objetos.

— E o terceiro?

— Saiu de mãos vazias.

— Pode descrevê-lo?

— Ele o tempo todo nos cegou com a lanterna. Posso no máximo dizer que era grande e corpulento...

— Concorda, senhorita? — o juiz perguntou a Suzanne de Gesvres.

— Sim... quer dizer, não... — pensou melhor Suzanne. — Acho que era de tamanho mediano e magro.

O sr. Filleul sorriu, habituado às divergências de opinião das testemunhas de um mesmo fato.

— Temos então um indivíduo, esse do salão, que ao mesmo tempo é grande e pequeno, gordo e magro. E também dois outros, acusados de terem subtraído desse salão objetos... que ainda estão aqui.

O sr. Filleul era um juiz da escola ironista, como ele próprio dizia. Também era uma pessoa que apreciava ter público e oportunidade para demonstrar suas habilidades, o que ficava patente pelo crescente número de pessoas a se aglomerarem no salão. Aos dois jornalistas tinham se juntado o arrendatário com o filho, o jardineiro com a mulher, os empregados do castelo e os dois cocheiros que tinham vindo de Dieppe. Ele retomou:

— Precisamos também nos pôr de acordo quanto à maneira como o terceiro personagem desapareceu. Foi com essa espingarda que a senhorita atirou? E dessa janela?

— Sim, e o homem estava chegando na pedra sepulcral quase oculta no mato, à esquerda do claustro.

— Mas ele se levantou?

— Com muita dificuldade. Victor desceu na mesma hora para vigiar a passagem pelo muro e eu fui logo depois, deixando aqui Albert, também empregado do castelo, para observar tudo de longe.

Albert então prestou seu depoimento e o juiz concluiu:

— Assim sendo, pelo que diz, o ferido não pode ter fugido pela esquerda, já que seu colega vigiava a porta, nem pela direita, pois você o teria visto atravessar o gramado. Ou seja, pela lógica ele ainda está nesse espaço relativamente pequeno que temos diante dos nossos olhos.

— É o que acho.

— Acha o mesmo, senhorita?

— Sim.

— E eu também — acrescentou Victor.

O substituto do procurador ironizou:

— O campo de investigações é um tanto limitado, restando então continuar as buscas iniciadas há quatro horas.

— Quem sabe teremos melhor resultado.

O sr. Filleul pegou o boné de couro em cima da lareira, examinou-o e, chamando o representante da polícia, ordenou:

— Cabo, envie agora mesmo um dos seus homens a Dieppe, para que procure o chapeleiro Maigret e pergunte se ele sabe para quem vendeu esse boné.

"O campo de investigações", como disse o substituto, se limitava ao espaço entre o castelo, o gramado da direita, o ângulo formado pelo muro da esquerda e o muro oposto ao castelo. Ou seja, um quadrilátero com cerca de cem metros de cada lado, em que surgiam num ponto ou noutro as ruínas de Ambrumésy, o monastério tão célebre na Idade Média.

Logo se rastreou, pela relva amassada, a passagem do fugitivo. Vestígios de sangue já escuro e quase seco foram percebidos em dois pontos. Transposta a arcada, que marcava a extremidade do claustro, nada mais havia, pois a natureza do terreno, coberto de agulhas de pinheiros, não ajudava a encontrar marcas. Mas como então o ferido conseguira escapar do campo de visão de Raymonde, de Victor e de Albert? Os empregados do castelo e os policiais já haviam vasculhado moitas e tumbas.

O juiz de instrução mandou que fosse aberta — era o jardineiro quem tinha a chave — a Chapelle-Dieu, verdadeira joia da escultura que o tempo e as revoluções haviam respeitado e que sempre fora admirada pelos finos entalhes do seu pórtico e pela quantidade de estatuetas, uma das maravilhas do estilo gótico normando. A capela, simples por dentro, sem maiores ornamentos além de um altar de mármore, não oferecia refúgio algum. E para isso, de qualquer forma, seria preciso ter entrado. De que maneira?

A inspeção chegou afinal à pequena porta do muro externo, que dava acesso às pessoas que visitavam as ruínas. Ela se abria para um caminho vicinal, espremido entre o muro da propriedade e um bosque, em que se viam antigas pedreiras abandonadas. O sr. Filleul se abaixou: a poeira do caminho apresentava marcas de pneus com bandas antiderrapantes. Tanto Raymonde quanto Victor, aliás, haviam mencionado algo como o barulho de um automóvel depois do tiro. O juiz de instrução concluiu:

— O ferido se juntou aos cúmplices.

— Não tem como! — exclamou Victor. — Eu já estava na portinhola, enquanto a srta. Raymonde e Albert ainda podiam vê-lo.

— Bom, seja como for, é preciso que ele esteja em algum lugar! Lá fora ou aqui dentro, são as escolhas que temos!

— Ele está aqui — disseram com firmeza os dois empregados.

O juiz deu de ombros e voltou para o castelo, desanimado. Realmente, o caso começava mal. Um roubo em que nada foi roubado, um prisioneiro invisível... nada promissor.

Já era tarde. O dono da casa convidou os magistrados e os dois jornalistas para almoçar. A refeição foi feita em silêncio e logo depois o sr. Filleul voltou ao salão para dar continuidade aos interrogatórios, agora com o restante da criadagem. Ouviu-se o trotar de um cavalo no pátio e, logo depois, entrou o policial enviado a Dieppe:

— Então, encontrou o chapeleiro? — quis saber o juiz, impaciente para finalmente ter alguma informação concreta.

— O boné foi vendido a um cocheiro.

— Um cocheiro!

— Isso mesmo. Um cocheiro que parou o coche diante da loja e perguntou se teria um boné de cocheiro em couro amarelo, para um cliente seu. Havia apenas este. O homem nem se interessou pela medida do boné, pagou e foi embora. Parecia estar com muita pressa.

— Que tipo de coche?

— Um cupê de quatro lugares.

— E quando foi isso?

— Quando? Esta manhã mesmo.

— Esta manhã? Mas que diabo está dizendo?

— Que o boné foi comprado esta manhã.

— É impossível, pois foi encontrado à noite, aqui no parque. Para isso precisava já ter sido comprado antes.

— Esta manhã, foi o que o chapeleiro me disse.

Houve um momento de indecisão. Perplexo, o juiz de instrução tentava dar algum sentido àquelas informações. De repente, pareceu inspirado por uma brusca iluminação.

— Chamem o cocheiro que nos trouxe pela manhã!

O cabo e o soldado correram aos estábulos. Pouco tempo depois, o cabo voltou sozinho.

— E o cocheiro?

— Comeu na cozinha mesmo e depois...

— E depois?

— Foi-se.

— Com a caleche?

— Não. Disse que ia ver um parente em Ouville, pegou emprestada a bicicleta do cavalariço. Deixou o chapéu e o casaco.

— Foi-se sem nada na cabeça?

— Tinha no bolso um boné.

— Um boné?

— Isso. De couro amarelo, pelo que disseram.

— De couro amarelo? Não pode ser, pois ele está aqui.

— É verdade, sr. juiz de instrução, o dele era igual.

O substituto deu um risinho:

— Muito engraçado! Divertidíssimo! Temos dois bonés... Um, que era o verdadeiro, nossa única prova material, foi embora na cabeça do falso cocheiro! O outro, mera contrafação, é o que está nas suas mãos. Ah! O sujeito nos enrolou direitinho.

— Atrás dele! Tragam o fugitivo de volta — gritou o juiz. — Cabo Quevillon, mande dois homens a cavalo, e a galope!

— Ele já está longe — lembrou o substituto.

— Por mais que esteja, precisamos pegá-lo.

— Assim espero, mas creio que deveríamos concentrar nossos esforços aqui. Leia esse papel que acabo de encontrar no bolso do casaco.

— Que casaco?

— O do cocheiro.

E o substituto do procurador passou ao sr. Filleul um papel dobrado em quatro, com algumas palavras escritas a lápis, numa caligrafia grosseira:

Pobre da senhorita se tiver matado o chefe.

A leitura causou certa comoção.

— Para bom entendedor... — murmurou o substituto num tom lúgubre.

— Sr. conde — tornou o juiz Filleul —, peço que não se preocupe. Nem as senhoritas. Essa ameaça não tem a menor importância, pois a justiça está aqui. Tomaremos todas as precauções. Garanto a segurança de todos. Quanto aos senhores — ele acrescentou, voltando-se para os dois repórteres —, conto com a discrição de ambos. Graças à minha tolerância, puderam acompanhar essa investigação, estariam então sendo ingratos se...

Ele interrompeu a frase, parecendo ter tido outra ideia. Olhou os dois rapazes e se aproximou de um deles:

— Para qual jornal trabalha?

— Para o *Journal de Rouen*.

— Pode mostrar um documento que prove?

— Pois não.

Estava em ordem, não havia o que objetar. Ele se dirigiu ao outro:

— E o senhor?

— Eu?

— O senhor. A qual veículo da imprensa está vinculado?

— Veja, sr. juiz de instrução, escrevo para vários jornais...

— Seu documento de habilitação?

— Não tenho.

— Como assim?

— Para que um jornal habilite um profissional é preciso que ele trabalhe fixo para esse jornal.

— Explique-se.

— Bem, sou um colaborador ocasional. Envio a diversos veículos artigos que eles publicam... ou não, pode acontecer.

— Que seja! Em todo caso, seu nome? Documento de identidade?

— Meu nome não vai servir para coisa alguma. E não tenho documentos.

— Qualquer papel que confirme sua profissão.

— Não tenho profissão.

— Mas, afinal, senhor — começou a se impacientar o juiz. — Quer se manter incógnito, depois de artificiosamente se misturar a nós e acompanhar os segredos da justiça?

— Gostaria de lembrar que o sr. juiz nada me perguntou quando cheguei e por isso eu nada disse. Por outro lado, não me pareceu que a investigação fosse secreta, já que todo mundo assistia... inclusive um dos culpados.

O rapaz falava com calma, de forma muito educada. Era alto e magro, vestindo uma calça curta demais e um casaco apertado. O rosto parecia o de uma menina, de tão rosado, a testa era larga, os cabelos bem curtos e espetados, uma barba alourada e mal aparada. Mas os olhos brilhavam de inteligência. De forma alguma dava mostras de se sentir incomodado com a situação e sorria de modo gentil, sem qualquer ironia.

O sr. Filleul o observava, claramente desconfiado. Os dois policiais avançaram e o rapazote disse, descontraído:

— O sr. juiz de instrução evidentemente suspeita de mim como sendo um dos cúmplices. Mas, se fosse o caso, eu já não teria ido embora, como fez meu suposto colega?

— Pode ter tido a esperança...

— Qualquer uma seria absurda. Pense bem, o sr. juiz há de convir que, pela lógica...

O sr. Filleul não tirava os olhos dele e cortou, de maneira brusca:

— Chega de brincadeiras! Seu nome?

— Isidore Beautrelet.

— Profissão?

— Aluno de retórica no liceu Janson-de-Sailly.

Mais uma vez, o juiz olhou-o bem nos olhos e perguntou, ríspido:

— Que diabo está dizendo? Aluno de retórica...

— No liceu Janson, rua de la Pompe, número...

— Mas o que acha que está fazendo? Zombando de mim? Não continue a brincadeira!

— É estranho que fique tão surpreso, sr. juiz. Qual o problema em ser aluno do liceu Janson? É por causa da barba? Não seja por isso, ela é falsa.

Isidore Beautrelet arrancou fora os ralos pelos que ornavam seu queixo, e o rosto imberbe o deixava ainda mais moço e mais rosado... de fato, um rosto de secundarista. Com um sorriso infantil, que deixava à mostra seus dentes brancos, ele continuou:

— Agora acredita? Quer outra prova? Veja nesta carta do meu pai: "Sr. Isidore Beautrelet, interno do liceu Janson-de-Sailly".

Convencido ou não, Filleul parecia não gostar nem um pouco de tudo aquilo e perguntou, mal-humorado:

— O que veio fazer aqui?

— Ora... estou me instruindo.

— Os colégios existem para isso... o seu, por exemplo.

— Está esquecendo que hoje, 23 de abril, estamos em plenas férias de Páscoa.

— E daí?

— Daí que eu tinha o direito de usar essas férias como bem entendesse.

— E seu pai...?

— Meu pai mora longe, nos rincões da Savoia e, aliás, foi quem me aconselhou a vir conhecer o litoral da Mancha.

— Com uma barba postiça?

— Não, a barba foi ideia minha. No colégio, falamos muito de aventuras misteriosas, lemos romances policiais em que as pessoas se disfarçam. Imaginamos um monte de coisas complicadas e terríveis. Então, para me divertir, coloquei a barba. Além disso, ela me dá um ar mais sério, e eu tentava passar por um repórter de Paris. Foi assim que, ontem à noite, depois de uma semana sem muita novidade, tive o prazer de conhecer meu colega de Rouen. E como hoje de manhã o encarregaram de cobrir esse caso de Ambrumésy, ele muito gentilmente propôs que rachássemos os custos de um coche.

Isidore contava tudo isso de forma muito franca e simples, quase ingênua, e era impossível não simpatizar com ele. Até mesmo Filleul, ainda se mantendo desconfiado e na reserva, estava ouvindo com prazer e perguntou, com um tom já menos seco:

— E está contente de ter vindo?

— Muito! Nunca tinha assistido a algo assim, e esse caso é dos mais interessantes.

— Cheio das complicações misteriosas de que tanto gosta.

— São apaixonantes! Nada mais emocionante do que ver todos os fatos que saem da sombra e vão se agrupando para, pouco a pouco, formarem a verdade provável.

— A verdade provável... Está se adiantando muito, rapaz. Isso significa que já tem uma solução própria para o enigma?

— Nem tanto — riu Beautrelet. — Mas acho que sobre certos pontos já se pode ter uma opinião, e outros são tão claros que basta... concluir.

— Puxa! Tudo isso está se tornando um tanto curioso e vou, enfim, saber de alguma coisa. Pois confesso, muito envergonhado, que nada sei.

— Só porque não pôde ainda parar e pensar, sr. juiz. O essencial é pensar. É muito raro que os fatos não tragam em si a própria explicação. Não é o que acha? Em todo caso, constatei apenas os que já estão registrados no inquérito.

— Formidável! Quer dizer que se eu perguntar o que foi roubado neste salão...

— Responderei que sei.

— Parabéns! Pois inclusive sabe mais que o dono da casa! O sr. de Gesvres não deu por falta de nada, mas o sr. Beautrelet sim. Sumiram uma biblioteca inteira e uma estátua em tamanho natural que ninguém jamais havia notado. E se eu perguntar o nome do assassino?

— Respondo que também sei.

Todos os presentes se agitaram. O substituto e o jornalista verdadeiro se aproximaram. O sr. de Gesvres e as duas jovens ouviam atentos, impressionados com a tranquila segurança do rapaz.

— Sabe o nome do assassino?

— Sei.

— E onde ele está, talvez?

— Também.

O juiz esfregou as mãos:

— Que sorte! Essa prisão vai alavancar bem minha carreira. E é possível, desde já, fazer essas revelações formidáveis?

— Desde já, com certeza… Quer dizer, se puder esperar uma ou duas horas, até o senhor terminar o interrogatório.

— Vamos, conte logo, meu jovem…

Nesse momento, Raymonde de Saint-Véran, que desde o início dessa última cena não despregava os olhos do rapazote, se aproximou do sr. Filleul.

— Sr. juiz de instrução…

— Pois não, senhorita.

Por dois ou três segundos ela hesitou e finalmente pediu:

— Poderia perguntar ao cavalheiro por que ele perambulava ontem no caminho vicinal que passa ao lado da propriedade?

A pergunta causou forte impacto. Isidore Beautrelet ficou confuso.

— Eu, senhorita?! Viu-me ontem?

Raymonde ficou pensativa, com os olhos ainda fixados no jovem, como se procurasse firmar bem sua convicção, e em seguida, pausadamente, disse:

— Ontem, passando pelo bosque, vi no caminho, às quatro horas da tarde, uma pessoa do tamanho do cavalheiro, vestido como ele, com uma barba igual à que usava... e tive a impressão de que tentava passar despercebido.

— E era eu?

— Não posso afirmar de forma absoluta, pois minha lembrança é vaga. Mesmo assim... é o que me parece... tanta semelhança seria estranha...

Filleul estava pasmo. Já tinha sido ludibriado por um dos cúmplices, cairia agora na esparrela de um menino?

— O que tem a dizer?

— Que a senhorita se engana e posso facilmente demonstrar. Ontem, a essa hora, eu estava em Veules.

— Terá que provar, com certeza. A situação, em todo caso, não é mais a mesma. Cabo, que um dos seus homens faça companhia ao nosso amigo.

A expressão de Isidore deixou transparecer uma forte contrariedade.

— Por muito tempo?

— O tempo que for preciso para reunir as informações necessárias.

— Sr. juiz, do fundo do coração, peço que as reúna com a maior rapidez e discrição possível...

— Por quê?

— Meu pai está velho. Somos muito ligados... não quero que sofra por minha causa.

O tom choroso com que aquilo foi dito desagradou ao juiz. A coisa tomava ares de melodrama. Mesmo assim, ele prometeu:

— Até esta noite... no máximo até amanhã, e já terei em que me apoiar.

A tarde ia passando. O juiz voltou às ruínas do antigo claustro, proibiu a entrada de curiosos e, com paciência e método, dividiu o terreno em partes a serem sucessivamente analisadas, conduzindo ele mesmo as investigações. Terminado o dia, no entanto, não se via qualquer progresso e ele declarou ao bando de repórteres que havia invadido o castelo:

— Cavalheiros, tudo nos leva a crer que o ferido se encontra aqui, ao alcance da mão. Tudo, menos a realidade dos fatos. Assim sendo, na nossa modesta opinião, ele deve ter escapado e é fora daqui que o encontraremos.

Por precaução, porém, deixou a vigilância do parque sob a responsabilidade do cabo Quevillon e, depois de novamente examinar os dois salões e percorrer de cabo a rabo o castelo, reunindo todas as informações necessárias, Filleul tomou a estrada de Dieppe na companhia do substituto.

Caiu a noite. Como a saleta em que se encontrava o cadáver de Jean Daval devia continuar interditada, ele foi transportado para outro cômodo. Duas mulheres da vizinhança velavam o corpo, acompanhadas por Suzanne e Raymonde. Lá embaixo, sob o olhar atento do guarda-florestal, que ficara incumbido da missão, o jovem Isidore Beautrelet cochilava num banco do antigo oratório. Do lado de fora, os policiais, o arrendatário e uma dúzia de camponeses vigiavam as ruínas e os muros.

Até as onze horas tudo parecia tranquilo, mas às onze e dez ouviu-se um tiro do outro lado do castelo.

— Atenção! — berrou o cabo. — Dois homens ficam aqui... Fossier e Lecanu. Os outros comigo, em marcha, rápido.

E partiram, dobrando o castelo pela esquerda. No escuro, alguém se afastou e, logo depois, um segundo tiro foi disparado mais adiante, quase nos limites da propriedade. De repente, quando o grupo policial chegou à sebe que protegia o pomar, uma labareda surgiu à direita da casa reservada ao arrendatário e outras se ergueram numa espessa coluna. Era a granja que ardia, cheia de palha até o teto.

— Miseráveis! — revoltou-se o cabo Quevillon. — Foram eles que causaram o incêndio. Vamos lá, meninos, não podem estar longe.

Mas o vento, mesmo fraco, levava as chamas para o castelo, e mais urgente era evitar esse perigo. Todos se esforçaram, ainda mais porque o sr. de Gesvres, chegando ao local, prometeu uma recompensa. Quando o incêndio foi finalmente dominado, já eram duas horas da manhã, sendo inútil tentar qualquer perseguição.

— Veremos isso à luz do dia — resignou-se o cabo. — Com certeza deixaram pegadas… vamos encontrá-los.

— Espero, pois bem que gostaria de saber o que motivou o ataque — acrescentou o sr. de Gesvres. — Botar fogo em fardos de palha, para quê?

— Venha comigo, conde… o que motivou, talvez eu possa dizer.

Os dois chegaram juntos às ruínas do claustro. Quevillon chamou:

— Lecanu! Fossier!

Outros policiais já procuravam os colegas deixados ali. Acabaram sendo descobertos no chão, perto da portinhola, amarrados, amordaçados e de olhos vendados.

— Sr. conde — disse baixinho o cabo, enquanto os dois soldados eram soltos —, fomos enganados como crianças.

— Como assim?

— Os tiros… o ataque… o incêndio… tudo isso foi uma farsa para nos afastar… Uma simulação… Nesse meio-tempo, dominaram nossos dois rapazes e fizeram o que queriam.

— Fizeram o quê?

— A retirada do ferido, ora!

— Acha mesmo?

— Se acho? Certeza absoluta. Há dez minutos penso nisso. Imbecil que sou, por não ter pensado antes. Poderíamos ter pegado todo mundo.

Quevillon bateu o pé no chão, num súbito acesso de raiva.

— Mas por onde, diabos? Por onde passaram? Por onde o levaram? E ele, o cretino, onde se escondia? Esquadrinhamos o terreno o dia inteiro e um indivíduo não pode se esconder num punhado de grama, ainda mais ferido. Parece bruxaria!

O bravo policial não chegara ao fim dos seus espantos. Ao amanhecer, quando foram ao oratório que servia de cela para o jovem Beautrelet, constatou-se seu desaparecimento. Todo encurvado numa cadeira, o guarda-florestal dormia. Ao lado, uma jarra e dois copos. No fundo de um deles havia o resto de um pozinho branco.

Ficou provado, depois de um exame, que primeiro Beautrelet fizera o guarda ingerir um sedativo, só podendo ter fugido, em seguida, por uma janela a dois metros e meio do chão e — detalhe dos mais interessantes — se servindo do seu carcereiro como degrau.

2. Isidore Beautrelet, aluno de retórica

Transcrito do *Le Grand Journal*:

notícias da noite
sequestro do dr. delattre. golpe de grande audácia

No encerramento desta edição, recebemos uma notícia da qual não podemos ainda garantir a autenticidade e que nos parece um tanto extraordinária. Nós a publicamos, então, sob reservas.

Na noite de ontem, o famoso cirurgião dr. Delattre assistia, com a mulher e a filha, à apresentação de Hernani no teatro da Comédie-Française. No início do terceiro ato, isto é, por voltas das dez horas, a porta do seu camarote foi aberta e um cavalheiro, com dois acompanhantes, se aproximou do médico e cochichou, mas alto o bastante para que a esposa pudesse ouvir:

— Doutor, tenho uma incumbência das mais desagradáveis e lhe ficarei muito grato se puder facilitar minha tarefa.

— E quem é o senhor?

— Comissário Thézard. E tenho ordem de levá-lo até o sr. Dudouis na Chefatura de Polícia.

— Mas...

— Não percamos tempo, doutor, por favor, e sejamos discretos... Trata-se de um lamentável engano e por isso devemos agir em silêncio, sem chamar atenção. Antes do final da peça, tenho certeza, o senhor estará de volta.

O médico se levantou e acompanhou o policial. O espetáculo terminou sem que ele voltasse.

Preocupada, a sra. Delattre foi à Chefatura de Polícia, encontrou o verdadeiro sr. Thézard e viu, aterrorizada, que o marido fora levado por um impostor.

As primeiras investigações mostraram que o médico havia entrado num automóvel, que em seguida tomou a direção da Place de la Concorde.

Nossa próxima edição esclarecerá melhor essa incrível notícia aos leitores.

Por mais incrível que fosse, a notícia era verídica. Sua continuação, aliás, não tardou e o mesmo jornal, em sua edição do meio-dia, além de confirmar a história, relatava seu teatral desfecho:

O FIM DA HISTÓRIA
e o começo das suposições

Esta manhã, às nove horas, o dr. Delattre foi deixado por um automóvel, que rapidamente se afastou, à porta do nº 78 da rua

Duret, endereço da sua clínica particular, onde todos os dias ele chega a essa mesma hora.

Quando o procuramos, ele prestava depoimento ao chefe da Sûreté, mas mesmo assim fomos recebidos.

— Tudo que posso dizer é que fui tratado com toda deferência. Meus três companheiros de viagem eram pessoas encantadoras, extremamente educadas, espirituosas e de conversa muito agradável, o que tem sua importância, dada a duração do trajeto — ele disse.

— Que foi de quanto tempo?

— Cerca de quatro horas.

— E por que a viagem?

— Fui levado a um paciente cujo estado exigia uma intervenção cirúrgica imediata.

— E foi bem-sucedida?

— A operação sim, mas as sequelas podem ser graves. Em condições normais eu poderia responder pelo paciente, mas nas condições em que se encontra…

— São ruins?

— Péssimas… um quarto de hospedaria… na absoluta impossibilidade, pode-se dizer, de cuidados adequados.

— Quem pode então salvá-lo?

— Só um milagre… mas também sua constituição física, que é excepcional.

— E o senhor nada mais pode dizer sobre esse estranho paciente?

— Nada. Primeiro porque dei minha palavra e depois por ter recebido a soma de dez mil francos para minha clínica beneficente. Se disser mais, essa quantia será retirada.

— Como assim? Acredita que possam fazer isso?

— Acredito. Aquelas pessoas deram a impressão de falar muito sério.

Foram essas as declarações que nos deu o médico, mas sabemos que o chefe da Sûreté não obteve informações mais precisas sobre a operação realizada, sobre o doente ou sobre o percurso feito de automóvel. No momento, então, é difícil nos aproximarmos mais da verdade.

Essa verdade, pelo visto inacessível ao autor da reportagem, podia ser obtida por leitores perspicazes que atentassem aos fatos ocorridos na véspera, no castelo de Ambrumésy, e que todos os jornais daquele mesmo dia haviam noticiado nos mínimos detalhes. Entre o desaparecimento de um ladrão ferido e o sequestro de um célebre cirurgião, havia uma evidente coincidência que precisava ser levada em consideração.

A investigação, aliás, demonstrou a exatidão dessa hipótese. Seguindo a pista do falso cocheiro que tinha fugido de bicicleta, constatou-se que ele havia pedalado até a floresta de Arques, a cerca de quinze quilômetros, e dali, depois de abandonar o veículo num fosso, dirigiu-se ao vilarejo de Saint-Nicolas, de onde enviou o seguinte telegrama:

A. L. N., AGÊNCIA 45, PARIS
Situação desesperadora. Operação urgente.
Enviem especialista pela Nacional 14.

A prova era incontestável. Avisados, os cúmplices de Paris imediatamente tomaram as providências. Às dez horas da noite, eles já enviavam o especialista pela estrada Nacional 14, que margeia a floresta de Arques e segue até Dieppe. Enquanto isso, graças ao incêndio provocado, a quadrilha de ladrões conseguia retirar o chefe, que foi transportado para uma hospedaria, onde se deu a operação assim que o médico chegou, às duas da manhã.

Dúvida nenhuma quanto a isso. O inspetor-chefe Ganimard, enviado diretamente de Paris, com a ajuda do inspetor Folenfant, constatou a passagem de um automóvel na noite anterior por Pontoise, Gournay e Forges. E também pela estrada de Dieppe a Ambrumésy. As sinalizações do veículo foram perdidas a mais ou menos meia légua do castelo, mas eram várias as marcas de passos entre a portinhola do parque e as ruínas do claustro. Além disso, Ganimard notou que a fechadura da portinhola tinha sido forçada.

Tudo então se explicava. Faltava localizar a hospedaria citada pelo médico. Era tarefa fácil para Ganimard, experimentado e paciente farejador, velho funcionário da polícia. O número de hospedarias na região não era grande e aquela que interessava mais especificamente não podia estar tão longe de

Ambrumésy, tendo em vista o estado do ferido. Os policiais entraram em ação, visitando e revistando tudo que podia servir de albergue num raio de quinhentos, mil e cinco mil metros ao redor. Contra todas as expectativas, porém, sinal nenhum do moribundo.

Ganimard persistiu e na noite de sábado foi dormir no castelo, com a intenção de realizar sua investigação pessoal no domingo. E no domingo, já pela manhã, soube que policiais em ronda haviam percebido um vulto se esgueirar pelo caminho vicinal, fora dos muros da propriedade. Seria um cúmplice procurando se informar? Era possível concluir que o chefe da quadrilha não havia deixado as ruínas do claustro ou os arredores?

No final do dia, Ganimard dirigiu acintosamente a brigada de polícia para os lados da granja e foi se posicionar, com Folenfant, fora dos muros, perto da portinhola.

Pouco antes da meia-noite, alguém saiu do bosque, passou entre os dois, cruzou a porta e entrou no parque. Por três horas eles o observaram perambulando pelas ruínas, agachando-se, subindo nas colunas e às vezes parando, imóvel, por longos minutos. Então o indivíduo voltou à portinhola e mais uma vez passou entre os dois inspetores. Ganimard agarrou-o pela gola, enquanto Folenfant o imobilizava. O intruso não resistiu e, da maneira mais tranquila do mundo, deixou que amarrassem seus pulsos e o levassem para o castelo. Quando quiseram interrogá-lo, ele apenas declarou que esperaria a chegada do juiz de instrução para se explicar.

Foi então firmemente amarrado ao pé de uma cama, num dos quartos contíguos que eles ocupavam.

Na segunda-feira, às nove da manhã, assim que Filleul chegou, Ganimard falou da prisão efetuada e mandou que trouxessem o prisioneiro. Era Isidore Beautrelet.

— Ora, ora! — exclamou Filleul muito contente e estendendo a mão ao suspeito. — Que boa surpresa! Nosso excelente detetive amador aqui presente e à nossa disposição! Que sorte! Inspetor, permita-me apresentar o sr. Beautrelet, aluno de retórica do liceu Janson-de-Sailly.

Ganimard parecia surpreso. Isidore fez uma respeitosa reverência, como a um colega a quem se dá o devido valor, e, virando-se para Filleul:

— Parece que o sr. juiz recebeu boas informações a meu respeito.

— Muito boas! O senhor de fato estava em Veules-les-Roses quando a srta. de Saint-Véran pensou tê-lo visto no caminho vicinal. Não deixaremos de descobrir a identidade do seu sósia. Além disso, de fato se chama Isidore Beautrelet e é aluno de retórica; inclusive ótimo aluno, esforçado e de comportamento exemplar. O pai mora no interior e o senhor deixa o internato uma vez por mês, indo à casa do seu responsável local, o sr. Bernod, que, diga-se, não poupa elogios à sua pessoa.

— Assim sendo...

— Assim sendo, o senhor está livre.

— Totalmente?

— Totalmente. Ah!, é bem verdade, sob uma pequena, na verdade mínima condição. Há de entender que não posso soltar alguém que droga pessoas, foge pela janela e é detido em flagrante delito de vagabundagem dentro de uma propriedade particular. Não sem uma compensação.

— Por favor, continue.

— Pois bem, vamos dar prosseguimento à conversa interrompida e diga em que ponto estão suas investigações... Dois dias de liberdade devem tê-lo feito avançar bastante.

Com claro desdém por aquele tipo de conversa, Ganimard se preparava para sair, mas o juiz pediu:

— Por favor, inspetor, seu lugar é aqui... Posso garantir que vale a pena ouvi-lo. O sr. Beautrelet, pelo que pude me informar, construiu no liceu Janson-de-Sailly uma reputação de observador a quem nada escapa. Seus colegas o comparam ao senhor e o declaram um rival de Herlock Sholmes.

— Não diga! — zombou Ganimard.

— Digo sim. E digo mais, um deles me escreveu: "Se Beautrelet diz saber, acredite, pois o que ouvir dele será a expressão exata da verdade". Então, sr. Beautrelet, este é o melhor momento para justificar a confiança dos seus colegas. Por favor, conceda-nos a expressão exata da verdade.

Isidore ouviu tudo com um sorriso e respondeu:

— O senhor está sendo maldoso. Zomba de pobres colegiais que passam seu tempo livre como podem. E tem toda razão, mas não vou dar novos motivos para que se divirta.

— E isso porque nada sabe, meu amigo.

— Muito humildemente, de fato, confesso nada saber. Pois não considero "saber alguma coisa" a descoberta de dois ou três pontos mais precisos que, aliás, com certeza não escaparam ao senhor.

— Por exemplo?

— Por exemplo, o objeto do roubo.

— Verdade? Conhece o objeto do roubo?

— Como também o senhor, é claro. Foi inclusive a primeira coisa com que me preocupei, pois parecia ser a tarefa mais fácil.

— Fácil? Realmente?

— Por Deus que sim. Basta seguir um raciocínio.

— Só isso?

— Só isso.

— E que raciocínio?

— O seguinte, sem maiores delongas. Por um lado, *houve roubo*, pois as duas jovens disseram ter de fato visto dois homens fugirem com objetos.

— Houve roubo.

— Por outro lado, *nada desapareceu*, pelo que diz o sr. de Gesvres, que é quem melhor pode afirmar isso.

— Nada desapareceu.

— Dessas duas constatações resulta inevitavelmente uma consequência: já que houve roubo e nada desapareceu, o objeto roubado foi substituído por outro, idêntico. É possível, prefiro dizer logo, que os fatos não confirmem esse raciocínio. Mas creio que deve ser o primeiro a ser examinado, só podendo ser afastado depois de um exame mais sério.

— Certo... certo... — murmurou o juiz, visivelmente interessado.

E Isidore continuou:

— O que havia no salão que pudesse tanto interessar aos ladrões? Duas coisas. Comecemos pela tapeçaria. Não pode ser ela, pois não se imita uma tapeçaria antiga, e a falsificação saltaria aos olhos. Restam os quatro Rubens.

— O que está dizendo?

— Que os quatro Rubens naquela parede são falsos.

— Não pode ser!

— São falsos a priori. Fatal e inapelavelmente.

— Não pode ser, insisto.

— Há quase um ano, sr. juiz, um artista que dizia se chamar Charpenais veio ao castelo de Ambrumésy e pediu permissão para copiar os quadros de Rubens, sendo autorizado pelo sr. de Gesvres. Por cinco meses, todo dia, da manhã ao entardecer, ele trabalhou no salão. São as cópias que ele fez, molduras e telas, que tomaram o lugar dos quatro grandes quadros originais legados ao sr. de Gesvres pelo seu tio, o marquês de Bobadilla.

— E a prova disso?

— Não tenho o que provar. Um quadro é falso porque é falso e creio nem ser preciso examinar estes que aí estão.

Filleul e Ganimard trocaram olhares sem disfarçar o espanto. O inspetor já não pensava mais em se retirar. Por fim o juiz de instrução disse em voz baixa:

— É preciso consultar o sr. de Gesvres.

E Ganimard concordou:

— É preciso sim.

O conde foi chamado ao salão.

Era uma grande vitória do jovem retórico, que levava dois profissionais como Filleul e Ganimard a aceitarem suas hipóteses. Uma proeza da qual se orgulharia qualquer um. Mas Beautrelet parecia não se importar muito com as pequenas satisfações do amor-próprio e, sem perder o sorriso, isento de qualquer ironia, ele aguardava.

— Sr. conde — começou o juiz de instrução, quando o dono da casa entrou —, nossa investigação nos deixa diante de uma eventualidade totalmente imprevista, que submetemos ao senhor, sob reservas. Há a possibilidade… repito, a possibilidade… de que os ladrões, ao entrarem aqui, tivessem como finalidade roubar seus quatro Rubens ou pelo menos substituí-los por quatro cópias… cópias essas que foram executadas há um ano por um pintor chamado Charpenais. Poderia examinar esses quadros e dizer se os confirma autênticos?

O conde tentou disfarçar certa contrariedade, olhou para Beautrelet, em seguida para Filleul e respondeu, sem se dar ao trabalho sequer de se aproximar dos quadros:

— Esperei, sr. juiz, manter ignorada a verdade. Como não consegui, devo admitir: esses quatro quadros são falsos.

— O senhor então sabia?

— Desde o primeiro instante.

— E por que não disse?

— O dono de um objeto nunca tem pressa em dizer que esse objeto não é… ou deixou de ser autêntico.

— No entanto, seria o único meio de recuperá-lo.

— Havia outro, melhor.

— Qual?

— Não quebrar o segredo, não assustar os ladrões e propor a compra dos quadros, que são pouco negociáveis.

— E como falar com eles?

Como o conde não respondia, Isidore tomou a dianteira:

— Através de um anúncio impresso nos jornais. *Le Journal* e *Le Matin* publicaram um que dizia: "Disponho-me a comprar os quadros de volta".

O conde concordou com a cabeça. Mais uma vez o jovem estava em vantagem sobre os dois profissionais.

Filleul mostrou-se bom perdedor:

— Realmente, começo a ver que seus colegas não exageravam. Puxa, que perspicácia! Que intuição! A continuar assim, o inspetor Ganimard e eu não teremos muito o que fazer.

— Bem, nada disso foi tão complicado.

— O resto será, é o que quer dizer? Se bem me lembro, já no nosso primeiro encontro o senhor parecia saber mais. Inclusive dizia saber o nome do assassino.

— É verdade.

— Então quem matou Jean Daval? Está vivo? Onde se esconde?

— Há um mal-entendido entre nós, sr. juiz, ou melhor, um mal-entendido entre o senhor e a realidade dos fatos. E isso desde o início. O assassino e o fugitivo são duas pessoas distintas.

— O quê? — espantou-se o magistrado. — O sujeito que o sr. de Gesvres viu na saleta e com quem travou luta corporal, o sujeito que as duas moças também viram neste salão e foi, em seguida, atingido por um tiro da srta. de Saint-Véran e caiu no parque… o homem que procuramos não matou Jean Daval?

— Não.

— Por acaso encontrou traços de um terceiro cúmplice, que teria desaparecido antes da chegada das jovens?

— Não.

— Então não compreendo mais nada… Quem, diabos, matou Jean Daval?

— Ele foi morto por…

Beautrelet fez uma pausa, pensou um pouco e continuou:

— Antes gostaria de mostrar o caminho que segui para chegar a essa certeza, e também os motivos da morte… sem o que minha acusação pareceria monstruosa… E não é o caso… não é. Há um detalhe que não foi levantado e que, no entanto, tem a maior importância: o fato de Jean Daval, no momento em que foi morto, estar normalmente vestido e calçando suas botinas de caminhada; enfim, como se estivesse em pleno dia, mas o crime foi cometido às quatro da manhã.

— Notei a estranheza — disse o juiz —, mas o sr. de Gesvres explicou que o secretário passava boa parte da noite trabalhando.

— Não é o que dizem os empregados, e sim que ele, normalmente, ia dormir bem cedo. Entretanto, se admitirmos que estava de pé, por que desarrumou a cama para que pensassem que estava deitado? Se estava, por que, ao ouvir barulho, se arrumou da cabeça aos pés, em vez de rapidamente vestir algo mais à mão? Fui ao quarto dele no primeiro dia enquanto o senhor almoçava, e os chinelos estavam junto da cama. Por que não os calçou, em vez das botinas com biqueiras?

— Até aqui não vejo…

— Até aqui, de fato, só se veem anomalias. Que me pareceram bem mais suspeitas, aliás, quando soube que o pintor Charpenais (que copiou os Rubens) tinha sido apresentado ao conde pelo próprio Jean Daval.

— E daí?

— Daí a concluir que Jean Daval e Charpenais eram cúmplices foi só um passo. Passo que eu já havia dado no momento da nossa conversa.

— De forma um tanto apressada, me parece.

— É verdade, eu precisava de uma prova concreta. E achei, no quarto de Daval, numa das folhas do bloquinho de mesa sobre o qual ele escrevia, este endereço, que aliás continua lá, impresso ao contrário pelo mata-borrão: *Sr. A. L. N., agência 45, Paris*. No dia seguinte, descobriu-se que o telegrama enviado de Saint-Nicolas pelo falso cocheiro tinha este mesmo endereço: *A. L. N., agência 45*. Era a prova material. Jean Daval se correspondia com o bando que organizou o roubo dos quadros.

O juiz de instrução não levantou qualquer objeção:

— Que seja, cumplicidade estabelecida. E qual é a conclusão?

— Primeiro esta: não foi o fugitivo que matou Jean Daval, seu cúmplice.

— E depois?

— Lembremos a primeira frase do sr. de Gesvres ao recuperar os sentidos. A frase consta do depoimento da srta. de Gesvres, registrado no inquérito: "Não se preocupe… estou bem… E Daval?… A faca?". Aproxime essa frase de outra, que também consta do inquérito, em que o conde relata a agressão: "O homem saltou em cima de mim e me derrubou com um soco na nuca". Como o sr. de Gesvres, que estava desacordado, podia saber, ao acordar, que Daval tinha sido ferido com uma faca?

Sem esperar resposta, ele imediatamente retomou a narrativa, como se, na verdade, preferisse evitar qualquer comentário:

— Logo, foi Jean Daval quem guiou os três assaltantes ao salão. Enquanto aqui estavam, inclusive aquele a quem chamavam de chefe, ouviram um barulho na saleta ao lado. Daval abriu a porta e, vendo o dono da casa, atacou-o, com a faca na mão. O sr. de Gesvres conseguiu tomar a arma e feri-lo, mas foi derrubado com um soco pelo indivíduo que as duas jovens viram pouco depois.

Novamente, Filleul e o inspetor trocaram um olhar. Desconcertado, Ganimard apenas concordou com a cabeça. O juiz então tomou a palavra:

— Devo acreditar nessa versão, sr. conde?

O sr. de Gesvres não respondeu.

— Por favor, seu silêncio nos levaria a crer...

Muito claramente, então, ouviu-se a resposta:

— Essa versão é exata, do início ao fim.

O juiz se espantou:

— Então não compreendo por que induziu a investigação a erro. Por que dissimular um ato que tinha todo o direito de cometer, visto ser por legítima defesa?

— Há vinte anos Jean Daval trabalhava comigo e gozava da minha inteira confiança. Prestou-me serviços inestimáveis. Se me traiu, sucumbindo a não sei quais tentações, eu não quis, em respeito ao passado, que tal traição viesse a público.

— Não quis, mas teria sido seu dever...

— Discordo, sr. juiz. Uma vez que inocente algum estava sendo acusado do crime, era direito meu não acusar quem ao mesmo tempo era culpado e vítima. Ele morreu; e considero a morte um castigo suficiente.

— Mas agora, estabelecida a verdade, o sr. conde pode falar.

— Pois não. Tenho aqui dois rascunhos de cartas que ele escreveu aos seus cúmplices. Peguei-os na sua carteira, logo depois da morte.

— Qual o motivo do roubo?

— Vá ao nº 18 da rua de la Barre, em Dieppe, onde mora uma certa sra. Verdier. Foi por causa dessa mulher que ele conheceu há dois anos, por suas necessidades de dinheiro, que Daval roubou.

Tudo se elucidava. O drama saía da sombra e pouco a pouco se esclarecia.

O conde se retirou e Filleul sugeriu que continuassem.

— Caramba — disse Beautrelet, animado —, estamos quase lá.

— E sobre o fugitivo que foi ferido?

— Nesse ponto, estou na mesma situação que o senhor... que seguiu sua passagem pelo gramado do claustro... como sabe...

— É, sei... mas depois ele foi levado e o que quero são as indicações da tal hospedaria...

Isidore deu uma gargalhada.

— A hospedaria!? Ela não existe! Foi só um truque para despistar. Um bom truque, já que surtiu efeito.

— O dr. Delattre, no entanto, afirmou...

— Exatamente! — exclamou Beautrelet, convicto. — É por ele afirmar que não se deve acreditar. Ora! Ele só deu, de toda a história, os mais vagos detalhes! Nada disse que pudesse comprometer a segurança do cliente... E chamou a atenção para uma hospedaria! Esteja certo de que isso foi imposto a ele. Esteja certo de que só contou o que lhe ditaram, e sob ameaça de represálias terríveis. O doutor tem mulher e filha, e gosta delas o bastante para não desobedecer a pessoas que ele compreendeu serem muito fortes. Por isso forneceu uma indicação tão precisa.

— Tão precisa que não encontramos a tal hospedaria.

— Tão precisa que vocês não param de procurá-la, contra todas as improbabilidades, e assim tiraram os olhos do único lugar em que o homem poderia estar, esse lugar misterioso onde ele se refugiou como um animal na toca, sem poder sair desde que foi ferido pela srta. de Saint-Véran.

— Mas onde, por Deus do céu?

— Nas ruínas do velho monastério.

— Mas nem há mais ruínas, apenas uns restos de paredes, umas colunas!

— E foi onde ele se enfiou, sr. juiz de instrução — gritou forte Beautrelet —, é onde deve concentrar as buscas! Ali, e não em outro lugar, é que encontrará Arsène Lupin.

— Arsène Lupin! — Filleul deu um pulo.

Houve um silêncio quase solene, em que pareciam ecoar ainda as sílabas do famoso nome. Arsène Lupin, o grande aventureiro, o rei dos ladrões; seria ele o adversário vencido e mesmo assim invisível, atrás de quem todos corriam há tantos dias? Arsène Lupin pego na armadilha, preso por um juiz de instrução... seria a promoção imediata, a fortuna, a glória!

Ganimard não demonstrara qualquer reação. Isidore disse a ele:

— Concorda comigo, não concorda, inspetor?

— Sou forçado a isso.

— Também nunca teve dúvida quanto a ser ele o organizador disso tudo?

— Nem por um segundo! Tem sua assinatura. Um golpe de Lupin se diferencia de qualquer outro como dois rostos distintos. Basta ver.

— Você acha... acha... — repetia Filleul.

— E como acho! — exclamou o rapazote. — Basta que se lembre de um pequeno detalhe: sob quais iniciais essas pessoas se correspondem? A. L. N., isto é, a primeira letra de Arsène, a primeira e a última de Lupin.

— Ah! — deixou escapar o inspetor. — Você é dos bons, de fato não perde coisa alguma. O velho Ganimard se rende.

Beautrelet corou de satisfação e apertou a mão que o policial lhe estendia. Juntos, os três se aproximaram da sacada e seus olhares percorreram a extensão do campo das ruínas. Filleul murmurou:

— Quer dizer que ele deve estar ali...

— *Ele está* — corrigiu Beautrelet com uma voz abafada. — Está desde o minuto em que caiu. Lógica e praticamente, não tinha como escapar sem ser visto pela srta. de Saint-Véran e pelos dois empregados.

— O que prova isso?

— A prova que seus cúmplices nos deram. Na mesma manhã, um deles se disfarçou de cocheiro e trouxe o senhor aqui...

— Para pegar o boné, peça de identificação.

— Pode ser, mas sobretudo para ver o local e procurar entender o que havia acontecido com o chefe.

— E entendeu?

— Imagino que sim, pois conhecia o esconderijo. Imagino também que o estado desesperador do ferido o fez cometer a imprudência de escrever o bilhete de ameaça: "Pobre da moça se tiver matado o chefe".

— Mas puderam tirá-lo de lá em seguida?

— Quando? Os policiais não saíram das ruínas. E para onde o transportariam? Para apenas umas centenas de metros adiante, pois não se pode levar em viagem um moribundo... seriam logo descobertos. Repito, ele está aqui. Nunca seus amigos o tirariam de abrigo tão seguro. Foi para onde levaram o médico, enquanto os guardas foram atrás do incêndio como crianças.

— Mas como ele sobrevive? Precisa se alimentar, precisa de água!

— Não sei como... não sei dizer... mas ele está ali, garanto. Está porque não pode deixar de estar. Tenho tanta certeza quanto se o visse, se o tocasse com a mão. Está ali.

Com o dedo apontado para as ruínas, ele desenhava no ar um pequeno círculo que pouco a pouco foi diminuindo até indicar apenas um ponto. E esse ponto seus dois companheiros procuravam aflitos, apoiados na sacada, mas movidos pela mesma fé que Beautrelet e plenos da convicção que ele lhes transmitia. Não havia dúvida, Arsène Lupin estava ali. Na teoria como de fato, ele estava ali e ninguém mais podia duvidar.

O que havia de impressionante e de trágico é que, em algum esconderijo horrível, jazia no chão, sem ajuda, febril e exausto, o célebre aventureiro.

— E se ele morrer? — alarmou-se Filleul em voz baixa.

— Se ele morrer, e seus cúmplices tiverem certeza disso, preocupem-se com a srta. de Saint-Véran, pois a vingança será terrível — disse Beautrelet.

Poucos minutos depois, e apesar da insistência de Filleul, que gostaria de manter por perto aquele formidável auxiliar, Isidore tomou o caminho de Dieppe, pois suas férias terminavam. Chegou a Paris por volta das cinco horas e às oito atravessou, com os colegas, a porta do liceu Janson.

Ganimard, depois de uma exploração minuciosa e inútil das ruínas de Ambrumésy, tomou o trem expresso da noite. Chegando em casa, encontrou a seguinte mensagem, enviada pelo sistema de comunicação por tubos a ar comprimido parisiense:

Sr. inspetor-chefe, pude dispor de algum tempo no fim da tarde, então reuni algumas informações complementares que não deixarão de interessá-lo.

Há um ano Arsène Lupin mora em Paris, usando o nome Étienne de Vaudreix, que o senhor já deve ter visto nas crônicas sociais ou esportivas. Ele frequentemente se ausenta, fazendo longas viagens em que vai, pelo que diz, caçar tigres em Bengala ou raposas azuis na Sibéria. Passa por alguém que cuida de negócios próprios, sem que se saiba dizer que negócios são esses.

Seu endereço atual: rua Marbeuf, nº 36 (peço observar que a rua Marbeuf fica próxima da agência de correio nº 45). Desde a quinta-feira, 23 de abril, véspera do assalto a Ambrumésy, não se tem notícia de Étienne de Vaudreix.

Receba, senhor inspetor-chefe, junto com meu agradecimento pela generosidade com que me tratou, toda a minha consideração.

Isidore Beautrelet

Postscriptum — Não creia que me deu muito trabalho obter essas informações. Na manhã mesmo do crime, enquanto o sr. Filleul expunha o inquérito diante de alguns privilegiados, tive a feliz ideia de examinar o boné do fugitivo, antes que o falso cocheiro fizesse a troca. O nome do chapeleiro foi o bastante, como pode imaginar, para me pôr na pista, descobrir o nome de quem o comprou e seu endereço.

Na manhã do dia seguinte, Ganimard foi ao nº 36 da rua Marbeuf. Depois de se informar com a zeladora, fez com que ela abrisse o apartamento da direita, no andar térreo, mas encontrou apenas cinzas na lareira. Quatro dias antes, dois homens tinham vindo e queimado todos os papéis que podiam ser comprometedores. No momento em que saía, porém, Ganimard passou pelo carteiro, que trazia algo para o sr. de Vaudreix. À tarde, o Ministério Público, encarregado do caso, requisitou a correspondência em questão, postada nos Estados Unidos, com o seguinte texto, em inglês:

Prezado senhor,
Confirmo com esta carta o que disse a seu agente. Assim que estiver na posse dos quatro quadros do sr. de Gesvres, expeça-os como de praxe. Pode enviar junto o restante, se tiver conseguido, o que me parece duvidoso. Forçado a viajar para um negócio imprevisto, chegarei ao mesmo tempo que esta carta. Poderá me encontrar no Grand-Hôtel.

Harlington

Nesse mesmo dia, Ganimard conseguiu um mandado de prisão contra mr. Harlington, cidadão americano, acusado de receptação e cumplicidade no roubo.

Com isso, graças às indicações realmente surpreendentes de um menino de dezessete anos, em vinte e quatro horas todos os nós da intriga se desatavam. Em vinte e quatro horas, o que parecia inexplicável se tornara simples e claro. Em vinte e quatro horas, os planos dos cúmplices para salvar o chefe se desfizeram e a captura de Arsène Lupin, ferido e à beira da morte, não era mais posta em dúvida. Sua quadrilha estava desorganizada, seu endereço em Paris fora revelado e caíra a máscara atrás da qual ele se escondia. Além disso, pela primeira vez um golpe seu, dos mais hábeis e dos mais cuidadosamente preparados, não fora executado até o fim.

Houve na opinião pública algo como um imenso clamor de espanto, admiração e curiosidade. O jornalista de Rouen já havia publicado um ótimo artigo contando o primeiro interrogatório do jovem aluno de retórica, salientando todo o seu encanto, sua ingênua simplicidade e tranquila segurança. Algumas indiscrições que Ganimard e Filleul sem querer cometeram, levados por um impulso mais forte do que o orgulho profissional, esclareceram os leitores quanto ao papel de Beautrelet nas investigações. Ele sozinho havia feito tudo. A ele se devia o inteiro mérito da vitória.

Isso fez dele uma paixão pública. De um dia para o outro, Isidore Beautrelet se tornou um herói e a massa de leitores exigia todos os detalhes sobre seu mais recente queridinho. Repórteres partiram ao assédio do liceu Janson-de-Sailly. Ficavam à espreita de alunos do externato ao saírem do colégio e anotavam tudo que tinha relação, de perto ou de longe, com o tal Isidore Beautrelet. Soube-se então da sua reputação entre os colegas, que o comparavam a Herlock Sholmes. Pelo raciocínio e pela lógica, sem maiores informações do que as que se leem nos jornais, ele muitas vezes anunciara a solução de casos complicados que a justiça só bem mais tarde desvendaria. Tornara-se uma brincadeira comum, no liceu Janson, apresentar questões complicadas e problemas indecifráveis a Beautrelet, e era maravilhoso acompanhar a segurança das suas análises, apoiadas em requintadas deduções, atravessando as trevas mais obscuras. Dez dias antes da prisão de Jorisse, um dono de mercearia, ele já dizia tudo que se podia descobrir a partir do famoso guarda-chuva. Da mesma forma, desde o início do drama de Saint-Cloud ele declarou que o porteiro era o único assassino possível.

O mais curioso, porém, foi um folheto de autoria dele, datilografado, com dez cópias que circulavam entre os alunos do liceu. Intitulava-se "Arsène Lupin e seu método, no que ele é clássico e no que é original", acompanhado ainda de uma comparação entre o humor inglês e a ironia francesa.

Tratava-se de um estudo profundo de cada uma das aventuras de Lupin, destacando sobretudo os métodos do ilustre ladrão e todo o mecanismo do seu modo de agir, suas táticas tão peculiares, cartas aos jornais, ameaças, anúncio dos roubos, ou seja, o conjunto de truques empregados para "cozinhar" a vítima escolhida, deixando-a num estado de espírito tal que ela quase se oferecia ao golpe tramado e tudo se passava, por assim dizer, até mesmo com seu consentimento.

E a análise era tão exata, penetrante e viva, com uma ironia ao mesmo tempo fina e cruel, que imediatamente mesmo os que riam passaram para o seu lado e a simpatia geral se transferiu, inteira, de Lupin para Isidore Beautrelet. O jovem retórico foi, desde então, proclamado vencedor na luta particular que os dois travavam.

Filleul e o Ministério Público de Paris, em todo caso, queriam muito ver em tudo aquilo uma possibilidade de vitória. Pois não se conseguira, até então, estabelecer a identidade exata do americano Harlington nem provar de maneira conclusiva sua participação na quadrilha Lupin. Culpado ou não, Harlington se mantinha obstinadamente calado. Acrescente-se a isso que o exame da sua caligrafia não comprovava com segurança que ele era o autor da carta interceptada. Um certo mister Harlington, com uma maleta de viagem e um polpudo talão de cheques, se hospedara no Grand-Hôtel, era tudo que se podia afirmar.

Em Dieppe, por outro lado, Filleul se sentia confortável nas posições conquistadas por Beautrelet, sem dar um passo adiante. Nada se conseguiu sobre o indivíduo que a srta. de Saint-Véran havia confundido com Beautrelet na véspera do crime. O mesmo mistério também se mantinha quanto ao paradeiro dos quatro Rubens. Onde podiam estar? E o automóvel que os transportara à noite, que caminho havia tomado?

Provas foram colhidas de sua passagem por Luneray, Yerville e Yvetot, como também por Caudebec-en-Caux, onde parecia ter atravessado o Sena, ao amanhecer, na barca a vapor. Mas quando a investigação se estreitou, mostrou-se que o tal automóvel era descoberto, sendo então impossível transportar nele quatro quadros grandes sem que os funcionários da barca notassem. Era provável que fosse o mesmo carro, mas, nesse caso, mantinha-se a questão: onde estavam os quatro Rubens?

Eram problemas que Filleul não resolvia. Seus subordinados dia após dia esquadrinhavam o quadrilátero das ruínas e ele próprio vinha quase diariamente dirigir as buscas. Mas daí a descobrir o esconderijo em que Lupin agonizava — se é que estivesse certo o palpite de Beautrelet — havia um abismo que o excelente magistrado parecia não se dispor a atravessar.

Era então natural que as atenções se voltassem para Isidore, o único capaz de dissipar a bruma que sem ele se formava, mais intensa e impenetrável. Por que não insistia no caso? Bastava apenas um pequeno esforço a partir do ponto a que havia chegado.

Um articulista do *Le Grand Journal* fez a ele essa pergunta, depois de penetrar no liceu Janson-de-Sailly se fazendo passar por Bernod, o tutor parisiense do aluno interno. Acabou obtendo uma resposta bem sensata:

— Não existe apenas Lupin no mundo e nem tudo se resume a histórias de ladrões e detetives. Há essa outra realidade que se chama exame para a universidade, que devo prestar no próximo mês de julho. Já estamos em maio e não quero ser reprovado. O que diria meu querido pai?

— E o que ele diria se você entregasse Arsène Lupin à justiça?

— Bom, cada coisa no seu devido tempo. Fica para as próximas férias...

— As de Pentecostes?

— Provavelmente irei no primeiro trem, no sábado 6 de junho.

— E na noite desse sábado Arsène Lupin será pego.

— Não me concede o domingo? — zombou Beautrelet.

— Por que tanto tempo? — respondeu o entrevistador, sem perceber a ironia.

Essa confiança inexplicável — tão recente e já tão forte — com relação ao jovem estudante de retórica era generalizada, mesmo que só até certo ponto os acontecimentos a justificassem. Que importa?! Acreditava-se. Vindo dele, nada parecia difícil. Esperava-se o que se poderia esperar, por exemplo, de um fenômeno da clarividência e da intuição, da experiência e da habilidade. 6 de junho: o dia estava em todos os jornais!

Em 6 de junho, Isidore Beautrelet pegaria o trem expresso de Dieppe e à noite Arsène Lupin estaria preso.

— A menos que até lá ele fuja... — insinuavam ainda os últimos admiradores do aventureiro.

— É impossível, todas as saídas estão sendo vigiadas.

— A menos que tenha sucumbido aos ferimentos — insistia o fã-clube, que aparentemente preferia a morte do que a captura do herói.

A réplica era imediata:

— Vamos, se ele tivesse morrido os cúmplices saberiam e haveria vingança — Beautrelet disse.

Mas finalmente o dia 6 de junho chegou. Meia dúzia de jornalistas aguardavam Isidore na estação ferroviária de Saint-Lazare. Dois quiseram acompanhá-lo, mas ele insistiu para que não fizessem isso.

Embarcou sozinho. Sua cabine estava vazia e ele, cansado pela série de noites dedicadas à preparação para os exames, não custou a cair num sono pesado. Sonhando, teve a impressão de parar em diferentes estações, com passageiros que subiam e desciam. Quando acordou, já perto de Rouen, continuava sozinho na cabine. No encosto do banco da frente, porém, uma folha de papel grande estava alfinetada no estofamento cinza, com os seguintes dizeres:

A cada um seus negócios; meta-se nos seus. Ou levará a pior.

— Ótimo! — ele esfregou as mãos. — As coisas não estão boas no campo deles. Essa ameaça é tão idiota quanto a do falso cocheiro. Que estilo! Vê-se que não foi Lupin quem escreveu.

Já estavam no túnel à entrada da velha cidade normanda. Na estação, Isidore deu duas ou três voltas pela plataforma para esticar as pernas. Ao voltar para sua cabine, não conteve o grito quando passou diante do quiosque de jornais e revistas. Mesmo sem prestar atenção, ele havia lido na primeira página de uma edição especial do *Journal de Rouen* estas linhas, nas quais percebeu o assustador significado:

Urgente. Recebemos de Dieppe um telefonema informando que bandidos invadiram esta noite o castelo de Ambrumésy, amarraram e amordaçaram a srta. de Gesvres e sequestraram sua prima, a srta. de Saint-Véran. Marcas de sangue foram encontradas a quinhentos metros do castelo e também, nas proximidades, uma echarpe igualmente suja de sangue. Teme-se que a pobre jovem tenha sido assassinada.

Isidore se manteve imóvel na poltrona até o trem chegar a Dieppe. Curvado, com os cotovelos plantados nos joelhos e as mãos cobrindo o rosto, ele pensava. Desembarcando, fretou um automóvel. Ao entrar em Ambrumésy, encontrou o juiz de instrução, que confirmou a terrível notícia.

— Não tem outras informações? — ele perguntou.

— Nenhuma, também acabo de chegar.

Nesse mesmo instante, o cabo da polícia se aproximou de Filleul e entregou um pedaço de papel amassado, rasgado e amarelado, descoberto próximo de onde a echarpe fora encontrada. O juiz examinou-o e em seguida mostrou a Beautrelet, dizendo:

— Não vai nos adiantar muito.

Isidore virou e revirou o papel. Coberto de algarismos, de pontos e de sinais, era exatamente o que reproduzimos abaixo:

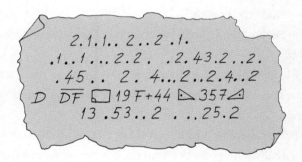

3. O cadáver

Por volta das seis da tarde, terminados seus afazeres, na companhia do escrivão Brédoux, Filleul esperava o carro que o levaria de volta a Dieppe. Parecia nervoso e agitado, tanto que duas vezes perguntou:

— Viu o jovem Beautrelet?

— Não vi não, sr. juiz.

— Diabos! Onde pode ter se enfiado? Esteve sumido o dia inteiro.

Ele de repente teve uma ideia, entregou sua pasta a Brédoux, deu a volta correndo no castelo e tomou a direção das ruínas.

Perto da grande arcada, deitado de bruços no chão coberto pelas agulhas dos pinheiros, com um dos braços dobrado como travesseiro, Isidore parecia cochilar.

— Mas o que é isso? O que anda fazendo, rapaz? Dormindo?

— Não, estava pensando.

— Que hora para pensar! Antes é preciso ver, estudar os fatos, buscar indícios, estabelecer pontos de referência. Só depois disso é que se pensa, coordena-se tudo e se descobre a verdade.

— É, sei... é o método praticado... que é bom, provavelmente. Mas tenho outro... primeiro penso, antes de mais nada tento encontrar a ideia geral do caso, se posso assim dizer. Depois imagino uma hipótese razoável, lógica, combinando com a ideia geral. Só depois vejo se os fatos se adaptam à minha hipótese.

— Método bem estranho e um tanto complicado!

— Método seguro, juiz Filleul. Mais do que o seu.

— Vamos, fatos são fatos!

— Com adversários comuns sim. Mas se o inimigo for minimamente esperto, os fatos que temos são os que ele escolheu. Esses bons inícios sobre os quais o senhor estabelece a investigação, ele os dispôs como bem entendeu. E quando se trata de alguém como Lupin, o senhor pode imaginar aonde isso pode nos levar, para quais erros e deslizes. Até Sholmes já caiu nessa armadilha.

— Arsène Lupin está morto.

— Pode ser, mas não sua quadrilha. E discípulos de semelhante mestre são mestres também.

Filleul pegou Isidore pelo braço e, arrastando-o a seu lado, segredou:

— São só palavras, meu rapaz. Deixe eu dizer o que é mais importante, ouça bem. Ganimard não pode sair de Paris nesse momento e só chega dentro de alguns dias. Por outro lado, o conde de Gesvres telegrafou a Herlock Sholmes, que prometeu vir ajudar na próxima semana. Não acha, meu rapaz, que seria bom poder dizer a essas duas celebridades quando chegarem: "Mil desculpas, não pudemos esperá-los e o caso está concluído"?

Beautrelet conteve um sorriso: não havia como confessar a própria incapacidade de forma mais rebuscada.

— Confesso, sr. juiz, que não acompanhei seu inquérito durante o dia com a esperança de que me comunicasse os resultados. O que descobriu?

— O seguinte: na noite de ontem, às onze horas, os três policiais que o cabo Quevillon havia deixado de sentinela no castelo receberam uma mensagem, pedindo que voltassem com urgência ao regimento, em Ouville. Eles pegaram seus cavalos e quando chegaram...

— Descobriram que foram enganados, a ordem não tinha sido dada e eles deviam voltar a Ambrumésy.

— Foi o que fizeram, e o cabo inclusive os acompanhou. Mas a ausência tinha durado mais de uma hora e, nesse meio--tempo, o crime foi cometido.

— Como aconteceu?

— Da forma mais simples. Uma escada trazida da granja, chegando ao segundo andar do castelo. Um vidro foi cortado e a janela aberta. Dois homens, com um lampião, entraram no quarto da jovem de Gesvres e a amordaçaram antes que ela pudesse gritar. Depois de amarrá-la, abriram sem fazer barulho o quarto em que sua prima dormia. A srta. de Gesvres ouviu um gemido abafado e depois o barulho de alguém que se debatia. Um minuto depois, viu os dois homens passarem com a moça, igualmente amarrada e amordaçada. Passaram por ela e se foram, pela janela. Exausta e em pânico, a srta. de Gesvres desmaiou.

— E os cachorros? O conde não havia comprado dois cães de guarda?

— Foram mortos, envenenados.

— Mas quem fez isso? Não se podia nem chegar perto deles.

— É um mistério. De um jeito ou de outro, os dois homens foram sem maiores problemas até as ruínas e saíram pela portinhola de sempre. Passaram pelo bosque contornando as antigas pedreiras e só foram parar quando estavam junto a uma árvore conhecida como Grande Carvalho, a quinhentos metros do castelo, onde… fizeram o que tinham vindo fazer.

— Por que, se essa era a intenção, não mataram a srta. de Saint-Véran no seu quarto?

— Não sei dizer. Talvez o incidente que os levou a matá-la só tenha ocorrido depois de deixarem o castelo. Talvez ela tenha conseguido se livrar das amarras. Aliás, achei que a echarpe encontrada pode ter servido para amarrar seus pulsos. Foi junto ao Grande Carvalho, em todo caso, que eles a mataram. As provas encontradas são irrefutáveis.

— Nesse caso, onde está o corpo?

— Não foi encontrado; o que também não nos surpreende tanto, pois a pista que segui me levou à igreja de Varengeville e ao antigo cemitério no alto do penhasco. Há ali um precipício... um abismo de mais de cem metros. Lá embaixo, só rochedos e o mar. Dentro de um ou dois dias, uma maré mais forte trará o corpo à praia.

— Tudo bem simples, é verdade.

— Exatamente, tudo bem simples, e acho ótimo. Lupin morreu, os cúmplices tão logo souberam quiseram se vingar, como haviam escrito, e assassinaram a srta. de Saint-Véran. São fatos que sequer precisavam ser comprovados. Dito isso, e Lupin?

— Lupin?

— Sim. O que aconteceu com ele? Muito provavelmente os cúmplices pegaram seu cadáver ao mesmo tempo que levaram a jovem, mas que provas temos disso? Nenhuma. Nem da sua permanência nas ruínas, da sua morte ou da sua vida. E esse é o mistério, meu caro Beautrelet. A morte da srta. Raymonde não é o desfecho. Pelo contrário, é um complicador. O que se passou no castelo de Ambrumésy nos dois últimos meses? Se não decifrarmos esse enigma, outros virão nos atropelar.

— E quando devem chegar Ganimard e Sholmes?

— Quarta-feira, talvez terça...

Beautrelet pareceu fazer um cálculo e então disse:

— Sr. juiz, hoje é sábado. Tenho que estar no liceu segunda à noite. Pois bem, se quiser me encontrar aqui às dez da manhã de segunda, tentarei dar a chave desse enigma.

— Acha mesmo? Tem certeza?

— Pelo menos é o que espero.

— Mas agora, para onde vai?

— Ver se os fatos se acomodam à ideia geral que começo a ter.

— E se não se acomodarem?

— Bem, eles é que estarão errados — zombou o rapaz. — E procurarei outros mais maleáveis. Até segunda, combinado?

— Até segunda.

Minutos depois, Filleul seguia para Dieppe, enquanto Isidore, com uma bicicleta emprestada pelo conde de Gesvres, pedalava pela estrada de Yerville e Caudebec-en-Caux.

Ele queria esclarecer uma questão antes de tudo, pois parecia ser o ponto fraco do inimigo. Não se camuflam facilmente objetos do tamanho dos quatro Rubens. Eles tinham que estar em algum lugar. Mesmo que fosse impossível encontrá-los naquele momento, não se podia pelo menos saber por onde haviam desaparecido?

Sua hipótese era a seguinte: o automóvel transportara os quadros, mas antes de chegar a Caudebec passou-os para outro, que atravessou o Sena mais acima ou mais abaixo da cidadezinha. Mais abaixo, o primeiro lugar a dispor de barca para a travessia era Quillebeuf, com maior fluxo de pessoas, portanto mais perigoso. Mais acima, havia La Mailleraye, uma aldeia isolada, fora das linhas de comunicação.

Por volta da meia-noite, Isidore já havia coberto as dezoito léguas que o separavam de La Mailleraye e batia à porta de um albergue à margem do rio. Dormiu ali e pela manhã começou a fazer perguntas aos marinheiros que trabalhavam no serviço da barca. O registro de passageiros foi consultado, constatando-se que nenhum automóvel fizera a travessia na quinta-feira 23 de abril.

— Quem sabe uma carruagem? Uma charrete? Uma carroça?

— Também não.

Ele fez perguntas a manhã inteira. Já se preparava para ir embora quando um empregado da hospedaria comentou com ele:

— Naquela manhã eu estava voltando dos meus treze dias de férias e vi uma charrete, mas ela não fez a travessia.

— Não?

— Não. Foi descarregada numa *peniche*, como chamam aqui, que estava atracada no cais.

— E a charrete vinha de onde?

— Isso é fácil, era do charreteiro, mestre Vatinel.

— Sabe onde ele mora?

— No povoado de Louvetot.

Beautrelet consultou seu mapa militar em escala detalhada. O povoado ficava no cruzamento da estrada que ia de Yvetot a Caudebec com um caminho tortuoso que percorria o bosque até La Mailleraye!

Somente às seis da tarde ele conseguiu achar, numa taberna, mestre Vatinel, um desses velhos normandos matreiros, sempre desconfiados em relação a estranhos, mas que não resistem a uma moeda de ouro ou à influência de uns copos.

— Isso mesmo, naquela manhã eles marcaram de me encontrar às cinco horas no cruzamento. Tiraram do automóvel, para o transporte, quatro embrulhos mais ou menos desse tamanho. Um deles foi comigo e nós levamos o material até a *peniche*.

— Fala como se já os conhecesse.

— E como conhecia! Foi a sexta vez que trabalhei para eles.

Isidore se espantou.

— Disse sexta vez? E desde quando?

— Ora, todos os dias antes daquele, como não? Mas para outras coisas... uns pedaços grandes de pedra... ou então menores e compridas, que eles tinham enrolado e carregavam como se fosse a coisa mais sagrada do mundo. Eu nem podia encostar nelas... Mas o que houve? O senhor está todo branco.

— Não é nada, só o calor...

Beautrelet saiu com as pernas bambas. A alegria, o inesperado da descoberta o deixaram zonzo.

Voltou mais tranquilo, pernoitou no vilarejo de Varenge-ville e, na manhã seguinte, passou uma hora na biblioteca da prefeitura, retornando em seguida ao castelo. Uma carta o esperava, *aos cuidados do sr. conde de Gesvres*.

Dentro, apenas estas palavras:

Segundo aviso. Cale-se. Ou...

— É... preciso tomar certo cuidado com minha segurança pessoal. Ou... — Isidore disse baixinho a si mesmo.

Eram nove horas. Ele perambulou pelas ruínas e depois se deitou perto da arcada, fechando os olhos.

— E o que diz, meu rapaz, foi proveitosa a excursão?

Era Filleul, que chegava na hora marcada.

— Muito, sr. juiz de instrução.

— E isso quer dizer...

— Quer dizer que posso cumprir a promessa feita, apesar dessa carta aconselhando o contrário — ele disse, mostrando o bilhete a Filleul.

— Ora! É conversa fiada. Espero que isso não o impeça de...

— De lhe dizer o que sei? Não. Prometi e cumprirei. Em dez minutos teremos... parte da verdade.

— Parte?

— Exato. A meu ver, o problema não se resume ao escon-derijo de Lupin. Para o resto, veremos.

— Vindo de você, nada mais me surpreende. Mas como conseguiu descobrir?

— Da forma mais natural. Na carta de mr. Harlington a Étienne de Vaudreix, ou melhor, Lupin, há...

— Na carta interceptada?

— Isso. Há uma frase que sempre me intrigou: "Pode enviar junto o restante, se tiver conseguido, o que me parece duvidoso".

— De fato, estou lembrado.

— Que restante era esse? Uma obra de arte, uma curiosidade? O castelo nada tinha de precioso além dos Rubens e das tapeçarias. Joias? São poucas e de pouco valor. Então o quê? Além disso, como admitir que alguém como Lupin, com habilidades tão prodigiosas, não fosse conseguir juntar ao envio *o restante*, que com toda evidência fora proposto? Algo difícil, é provável, ou excepcional, que seja, mas exequível. E seria feito, pois Lupin assim queria.

— No entanto, fracassou: nada desapareceu.

— Não fracassou: algo desapareceu.

— Os Rubens sim... mas...

— Não só os Rubens... algo mais que foi substituído por um objeto idêntico, como foi feito com os Rubens, uma coisa bem mais extraordinária, mais rara e mais preciosa do que os Rubens.

— Mas diga o quê! Está me deixando nervoso.

Caminhando pelas ruínas, os dois pouco a pouco se aproximaram da portinhola, passando ao longo da Chapelle-Dieu. Beautrelet parou.

— Quer mesmo saber, juiz?

— Se quero? Claro que sim!

Beautrelet tinha um cajado na mão, um bastão forte e nodoso. De repente, com um golpe de cajado, ele arrebentou uma das estatuetas que ornavam o pórtico da capela.

— Está louco? — assustou-se Filleul, fora de si, correndo para os pedaços da estatueta. — Enlouqueceu! Esse santo era admirável...

— Admirável! — gritou Isidore rodando o bastão e espatifando uma Virgem Maria.

Filleul agarrou-o como pôde.

— Não deixarei que cometa...

Um rei mago também teve o mesmo fim e depois o Menino Jesus no berço...

— Um movimento mais e eu atiro.

O conde de Gesvres havia chegado e engatilhava o revólver.

Beautrelet deu uma gargalhada.

— Atire nesse aqui, sr. conde... atire como se brincasse no parque de diversões. Nesse homenzinho com a cabeça nas mãos...

O são João Batista voou pelos ares.

— Miserável! — exclamou o conde, apontando o revólver. — Que profanação! Obras-primas...

— Falsas, sr. conde!

— O quê?! O que está dizendo? — gritou Filleul, desarmando o dono da casa.

— Só aparência, papel machê!

— Será possível?

— Bugigangas! Ninharias! Valor nenhum!

O conde pegou um caco de estatueta do chão.

— Olhe bem, sr. conde... gesso! Gesso envelhecido, mofado e esverdeado, imitando a pedra antiga... mas é gesso, moldagens de gesso... é tudo o que resta da obra-prima... é o que eles conseguiram em poucos dias! Foi o que Charpenais, o falsário dos Rubens, preparou há um ano.

E segurou, ele próprio, o braço de Filleul.

— O que acha, sr. juiz de instrução? Não é bonito? Fantástico? Imenso? A capela inteira foi levada embora. Toda uma capela gótica desmontada, pedra por pedra! Um mundo inteiro de estatuetas apreendido! E substituído por bonequinhos de estuque! Uma das mais formidáveis referências de uma época incomparável da arte. Confiscada! Pura e simplesmente, a Chapelle-Dieu roubada! Não é incrível? Que gênio aquele homem, sr. juiz de instrução!

— Está se empolgando demais, sr. Beautrelet.

— Nunca é demais quando nos referimos a sujeitos assim. Tudo que vai além da média merece admiração. E nosso amigo paira acima de tudo. Há nesse roubo uma tal riqueza de concepção! Que força! Que pujança! Que habilidade! Fico emocionado.

— Pena então que tenha morrido — debochou Filleul. — Poderia roubar as torres da Notre-Dame.

— Não zombe — pediu Isidore, encolhendo os ombros. — Mesmo morto ele emociona.

— Não digo o contrário, e confesso que será uma emoção contemplar seu cadáver... se é que os cúmplices não o fizeram desaparecer.

— Isso se admitirmos ter sido de fato ele que minha pobre sobrinha feriu — observou o conde de Gesvres.

— Foi ele sim — afirmou Beautrelet. — Ele que caiu junto às ruínas, alvejado pela srta. de Saint-Véran, ele que foi visto se levantar e cair de novo, se arrastar até a grande arcada e se levantar ainda, num milagre que explicarei daqui a pouco, e chegar a esse refúgio de pedra... que seria seu túmulo.

E dizendo isso, ele bateu com o cajado na entrada da capela.

— Como? O que disse? — espantou-se Filleul. — Seu túmulo? Acha que o impenetrável esconderijo...

— Está aqui... bem aqui.

— Mas revistamos tudo.

— Revistaram mal.

— Conheço bem a capela e não há esconderijos nela — contestou o sr. de Gesvres.

— Está enganado, há sim. Basta uma visita à prefeitura de Varengeville, onde estão arquivados todos os documentos que se encontravam na antiga paróquia de Ambrumésy, e descobrirá, em papéis do século XVIII, a existência de uma cripta sob a capela. Uma cripta que provavelmente vem da capela românica e sobre a qual esta aqui foi construída.

— Mas como Lupin saberia disso? — perguntou Filleul.

— Simples, pelos trabalhos que precisou realizar para roubar a capela.

— Não precisa exagerar... Ele não roubou a capela inteira. Veja, nenhuma dessas pedras da base foi removida.

— É claro, ele só modelou e levou o que tinha valor artístico, como as pedras lavradas, as esculturas, as estatuetas, o tesouro das colunetas e das ogivas cinzeladas. Ignorou a base propriamente dita do edifício. As fundações ficaram.

— Se for assim, ele não chegou à cripta.

Nesse momento, o conde, que tinha sido chamado por um dos criados, voltava com a chave da capela. Ele abriu a porta e os três entraram.

Feito um rápido exame, Beautrelet disse:

— As lajes do piso, por razões óbvias, foram respeitadas, mas é fácil perceber que o altar não passa de moldagem. E, em geral, a escada que leva às criptas parte das proximidades do altar, passando por baixo dele.

— E o que conclui disso?

— Concluo que foi no trabalho de substituir o altar que Lupin descobriu a cripta.

Com um enxadão que o conde mandou buscar, Beautrelet atacou o altar, espalhando pedaços de gesso para todos os lados.

— Caramba, estou doido para saber... — disse baixinho Filleul.

— Eu também — respondeu o rapaz, porém pálido de tensão e aumentando o ritmo do trabalho.

De repente, o enxadão, que até ali não encontrara resistência, bateu em alguma coisa dura e devolveu o impacto. Ouviu-se algo como o barulho de um deslizamento e o que restava do altar mergulhou no vazio, junto com o bloco de pedra atingido pelo enxadão. Beautrelet se debruçou. Acendeu um fósforo para enxergar melhor:

— A escada começa mais à frente do que imaginei, quase sob as lajes da entrada. Posso ver os últimos degraus.

— Desce muito?

— Três ou quatro metros... os degraus são bem altos... e faltam alguns.

— É improvável que, durante a curta ausência dos três policiais, quando a srta. de Saint-Véran foi raptada, os cúmplices tenham podido tirar o cadáver desse subterrâneo... E, aliás, por que fariam isso? Ele deve estar aqui — disse Filleul.

Um empregado trouxe uma escada, que Beautrelet depositou no buraco aberto até alcançar o entulho que desabara pouco antes. Depois, segurando bem firme a extremidade de cima, perguntou:

— Quer descer, sr. Filleul?

Com uma vela, o juiz se aventurou e o conde de Gesvres o seguiu. Foi a vez de Beautrelet começar a descida.

Ele automaticamente contou dezoito degraus, enquanto com os olhos examinava a cripta onde a pouca claridade da vela lutava contra trevas profundas. Chegando lá embaixo, porém, um cheiro forte, imundo, o paralisou, um desses cheiros de podre dos quais a gente nunca mais esquece depois. Sentiu ânsias de vômito e, de repente, alguém com a mão tremendo segurou seu ombro.

— O que é? O que houve? — ele perguntou.

— Beautrelet — mal conseguiu dizer Filleul.

O pavor o impedia de falar.

— Sr. juiz, acalme-se…

— Beautrelet… ele está aqui…

— Hein?

— Sim… tinha alguma coisa debaixo da pedra que se soltou do altar… Empurrei-a… encostei a mão… Ah, nunca vou esquecer…

— Onde está?

— Por ali… Sente o cheiro?… Ou melhor, segure isso, veja…

Beautrelet pegou a vela e projetou a luz na direção de uma forma estendida no chão.

— Ergh! — exclamou, horrorizado.

Os três homens olhavam o cadáver seminu, magro, assustador. A pele esverdeada, com tons de cera derretida, aparecia entre as roupas destroçadas. Mas o pior, e que arrancou do rapaz um grito de horror, era a cabeça, que havia sido esmagada pelo bloco de pedra, uma cabeça informe, massa horrenda em que nada mais se podia distinguir. E quando seus olhos se acostumaram melhor com a pouca luz, ele notou que toda aquela carne fervilhava abominavelmente...

Com quatro passadas, Beautrelet subiu a escada e correu para fora, para o ar livre. Filleul encontrou-o mais uma vez deitado, de costas, com as mãos no rosto, e o cumprimentou:

— Meus parabéns, amigo. Além de descobrir o esconderijo, confirmou-se a exatidão de dois pontos que você já havia apontado. Primeiro, o homem em quem a srta. de Saint-Véran atirou era de fato Arsène Lupin, como você desde o início disse. Em seguida, era mesmo com o nome Étienne de Vaudreix que ele vivia em Paris. Nas roupas, veem-se as iniciais E. V. Parece ser prova suficiente, não concorda?

Isidore não se movia e o juiz continuou:

— O conde foi buscar o dr. Jouet, para as constatações de praxe. A meu ver, a morte se deu há no mínimo oito dias, visto o estado de decomposição do cadáver... Mas você parece não estar ouvindo...

— Estou, estou ouvindo.

— Tudo que digo se apoia em razões peremptórias. Por exemplo...

Filleul continuou sua argumentação, sem obter a menor demonstração de interesse. A volta do sr. de Gesvres, no entanto, interrompeu seu monólogo.

O conde trazia duas cartas. Uma o avisava da chegada de Herlock Sholmes no dia seguinte.

— Ótimo — animou-se Filleul, todo alegre. — O inspetor Ganimard também está vindo. Será esplêndido.

— E esta outra carta é para o sr. juiz.

— Tudo cada vez melhor — continuou Filleul, depois de ler. — Os visitantes realmente não terão muito o que fazer. Beautrelet, estão me dizendo lá de Dieppe que pescadores de camarão encontraram nos rochedos do litoral, essa manhã, o cadáver de uma jovem.

Beautrelet deu um pulo:

— O que disse? O cadáver...

— De uma jovem... um cadáver terrivelmente mutilado e que, segundo eles, não é possível identificar, a não ser por um bracelete de ouro bem fino, no braço direito, que se incrustou na pele tumeficada. Como se sabe, a srta. de Saint-Véran usava no braço direito uma joia assim. Trata-se certamente da sua pobre sobrinha, sr. conde, levada até ali pela maré. O que acha, Beautrelet?

— Nada... nada... quer dizer... tudo se encaixa, como vê, não falta coisa alguma. Todos os fatos, mesmo os mais contraditórios e mais desconcertantes, foram aos poucos confirmando a hipótese que imaginei desde o início.

— Não estou entendendo.

— Logo vai entender. Lembre-se de que prometi a verdade por inteiro.

— Mas acho...

— Um pouco de paciência. Até aqui não teve por que se queixar de mim. O dia está bonito. Dê uma volta, almoce no castelo, fume seu cachimbo. Estarei de volta em quatro ou cinco horas. Quanto ao liceu, bom, azar, pegarei o trem da meia-noite.

Tinham chegado à área de serviço atrás do castelo. Beautrelet pulou na bicicleta e se afastou.

Em Dieppe, ele foi à redação do jornal *La Vigie* e pediu para ver os números dos últimos quinze dias. Em seguida, partiu para a localidade de Envermeu, a dez quilômetros dali. No lugarejo, falou com o prefeito, com o cura e com o guarda-florestal. Soaram as três horas na igreja. Sua pesquisa estava terminada.

Ele fez o caminho de volta cantarolando, de tão alegre. Uma de cada vez, as pernas pesavam sobre os dois pedais num ritmo forte e constante, seu peito se estufava, cheio do ar vivificante que vinha do mar. Na euforia, lançava às vezes aos céus clamores de triunfo, lembrando a meta que havia estipulado e o bom resultado dos seus esforços.

Ambrumésy já estava à vista. Ele deixou que a bicicleta ganhasse velocidade na descida para o castelo. As seculares árvores margeando o caminho em fileiras quádruplas pareciam vir ao seu encontro, desaparecendo assim que ele passava. De repente, um susto. Ele muito rapidamente percebeu uma corda esticada entre duas árvores, atravessando a estrada.

A bicicleta foi bruscamente bloqueada e ele projetado adiante, com toda violência. No voo, Isidore teve a impressão de que apenas o acaso, um milagroso acaso, o fez evitar um monte de pedras contra o qual sua cabeça devia logicamente se espatifar.

Ficou tonto por alguns segundos. Depois, todo doído e com os joelhos ralados, examinou o local, um pequeno bosque à direita, por onde o autor do atentado havia certamente fugido. Só então foi desamarrar a corda. Numa das árvores, a da esquerda, um papelzinho estava preso com um barbante. Ele o desdobrou e leu:

Terceiro e último aviso.

Chegou ao castelo, fez algumas perguntas aos empregados e foi procurar o juiz de instrução numa sala do térreo, no extremo da ala direita, onde ele costumava ficar nas horas vagas do dia, durante as operações. Filleul tomava notas, com o escrivão à sua frente e, vendo o estado do rapaz, fez sinal para que o auxiliar os deixasse. Só então exclamou:

— Mas o que aconteceu? Suas mãos estão todas sujas de sangue.

— Nada grave, não foi nada… só uma queda por causa de uma corda estendida à frente da minha bicicleta. Note apenas que a dita corda é do castelo. Vinte minutos antes ela servia para estender roupa, perto da lavanderia.

— Será possível?

— Estou sendo vigiado daqui de dentro, por alguém que tem acesso às informações, que me vê, que me ouve, acompanha o que faço e o que pretendo fazer.

— Acha mesmo?

— Tenho certeza. Cabe ao senhor descobrir, e não será difícil. No que me concerne, quero terminar isso e dar as explicações que prometi. Avancei mais rápido do que nossos adversários imaginavam e estou certo de que eles, por sua vez, agirão com todo vigor. O círculo se estreita ao meu redor. O perigo se aproxima, tenho esse pressentimento.

— Calma, calma, Beautrelet…

— Bom, veremos. Por ora, sejamos breves. Para começar, uma pergunta sobre uma questão que podemos esclarecer logo. Fez algum comentário com alguém sobre aquele papel que o cabo Quevillon lhe entregou na minha presença?

— Com ninguém. Dá alguma importância àquilo?

— Muita. É uma ideia minha. Que aliás, devo confessar, não se baseia em prova alguma, pois até agora não consegui decifrá-lo. Na verdade toco nesse assunto... para não voltar mais a ele.

Beautrelet apoiou a mão na do juiz e cochichou:

— Não diga nada... tem alguém nos ouvindo... lá de fora.

Ouviu-se uma leve movimentação no cascalho. Isidore correu à janela e se debruçou.

— Não há mais ninguém, mas posso ver marcas no canteiro... Será fácil seguir as pegadas.

Ele fechou a janela e voltou a se sentar.

— Está vendo, juiz? O inimigo nem toma mais certos cuidados... Está sem tempo... Também sente que é hora. Falemos rápido, pois é o que querem evitar.

Depositou o papel em cima da mesa, desdobrado.

— Uma primeira observação: além dos pontos, veem-se apenas algarismos. Nas três primeiras linhas e na quinta, as únicas que nos interessam, pois a quarta parece de natureza bem diferente, algarismo nenhum é superior a 5. Há chances então de que cada um deles represente uma das cinco vogais, em ordem alfabética. Vamos ver o que isso dá.

E ele escreveu numa outra folha:

e . a . a . . e . . e . a .
. a . . a . . . e . e . . e . o i . e . . e .
. o u . . e . o . . . e . . o . . e
a i . u i . . e . . e u . e

93

E continuou:

— Como vê, o resultado não dá grandes coisas. A chave é ao mesmo tempo bem fácil, pois se limitaram a substituir as vogais por algarismos e as consoantes por pontos, mas também muito difícil, ou mesmo impossível, já que não se deram ao trabalho de complicar mais o problema.

— De fato, parece bastante obscuro.

— Vamos tentar esclarecer. A segunda linha se divide em duas partes e a segunda delas se apresenta de uma maneira que possivelmente forma uma palavra. Se substituirmos agora os pontos intermediários por consoantes, concluímos, depois de algumas tentativas, que as únicas consoantes podendo logicamente servir de apoio às vogais só podem, é claro, produzir uma única palavra: *Demoiselles*.*

— Seriam as duas primas, de Gesvres e de Saint-Véran?

— Com certeza.

— Nota mais alguma coisa?

— Noto outra continuidade no meio da última linha, e se me der ao mesmo trabalho com o início dela, imediatamente vejo que entre os dois ditongos *ai* e *ui* a única consoante podendo substituir o ponto é G. Prosseguindo, ao formar o início dessa palavra, *aigui*, é natural e indispensável chegar, com os dois pontos subsequentes e o E final, à palavra *aiguille*.**

---

* "Senhoritas", ou "donzelas". (N. T.)
** "Agulha". (N. T.)

— De fato, a palavra "agulha" se impõe.

— Para a última palavra, enfim, tenho três vogais e três consoantes. Algumas tentativas mais, experimentando sucessivamente todas as letras, parto do princípio de que as duas primeiras são consoantes, e então constato que quatro palavras podem se adequar: *fleuve*, *preuve*, *pleure* e *creuse*.* Elimino as três primeiras por não terem qualquer relação possível com "agulha" e guardo a última: "oca".

— Temos então "agulha oca". Admito que a descoberta seja boa, mas em que isso nos adianta?

— Em nada — disse Beautrelet, pensativo. — Por enquanto... mais tarde, quem sabe? Tenho a impressão de haver muita coisa incluída na junção enigmática dessas duas palavras: *agulha oca*. O que me interessa é mais o material do documento, o papel utilizado... Fabrica-se ainda esse tipo de pergaminho meio granulado? E essa cor marfim... essas dobraduras... o desgaste dessas dobraduras... e ainda, veja, essas marcas de cera de lacre vermelha, atrás...

Beautrelet foi interrompido pela entrada repentina do escrivão Brédoux, que abriu a porta para avisar o juiz da súbita chegada do procurador-geral.

Filleul se levantou.

— O procurador-geral está no castelo?

---

* "Rio", "prova", "chora" e "oca". (N. T.)

— Não, ele não saiu do carro. Está só de passagem e pede que o encontre no portão, pois tem apenas algo rápido a dizer.

— Que estranho — murmurou Filleul. — Bom... É melhor eu ir. Com licença, Beautrelet, só vou até lá e volto.

Ele saiu. Seus passos ecoaram no corredor. O escrivão então fechou a porta, girou a chave e enfiou-a no bolso.

— O que está fazendo? — espantou-se Isidore. — Por que está nos trancando?

— Acho que será melhor assim, para conversarmos.

Beautrelet correu na direção da outra porta, que dava para o quarto ao lado, dando-se conta, afinal, de que o cúmplice era Brédoux, o auxiliar do juiz de instrução!

— Não se dê ao trabalho, garoto, tenho também a chave dessa porta.

Beautrelet olhou para a janela; era só o que restava.

— Tarde demais — disse Brédoux, postando-se no caminho, com um revólver na mão.

Com todas as saídas impedidas, nada mais era possível fazer a não ser enfrentar o inimigo, que se desmascarava de maneira tão acintosa. Uma sensação até então desconhecida de ansiedade tomou conta de Isidore e ele cruzou os braços.

— Muito bem — sussurrou entre os dentes o escrivão, puxando o relógio do bolso. — Sejamos breves. Nosso bom Filleul vai até o portão, onde evidentemente não verá o menor sinal do procurador, e voltará. Isso nos dá mais ou menos quatro minutos. Terei que fugir pela janela, chegar até a portinhola das ruínas e pular na motocicleta que me espera. Temos três minutos e isso basta.

Brédoux era fisicamente bastante desengonçado, tentando manter em equilíbrio, em cima de pernas muito compridas e finas, um tronco enorme, arredondado como o corpo de uma aranha, com braços muito longos. O rosto ossudo e a testa estreita lhe davam um ar teimoso e pouco inteligente.

Beautrelet sentiu as pernas amolecerem e se sentou.

— Diga, o que quer?

— O papel. Há três dias que o procuro.

— Não está comigo.

— Mentira. Vi que o guardou na carteira quando entrei.

— E depois?

— Depois? Vai prometer parar de criar problema. Deixe--nos em paz e não se meta no que não é da sua conta. Estamos perdendo a paciência.

Ele se adiantara uns passos, sempre com o revólver apontado, e falava com voz imperturbável, martelando as sílabas, com inesperada energia, olhar duro e sorriso cruel. Beautrelet estremeceu. Era a primeira vez que se sentia em perigo. E que perigo! Estava diante de um inimigo implacável, uma força cega e irresistível.

— E depois? — ele conseguiu perguntar, com a voz presa.

— Depois mais nada… Estará livre.

Houve um silêncio e Brédoux ameaçou:

— Resta só um minuto, decida-se. Vamos, garoto, não seja tolo… Somos mais fortes, sempre e por todo lugar… Rápido, o papel…

Isidore não se mexia. Lívido e apavorado, mas se controlando e mantendo o pensamento ativo, ainda que os nervos o abandonassem. A vinte centímetros dos seus olhos, o pequeno buraco escuro do revólver se alargava. O dedo dobrado no gatilho visivelmente ia ganhando pressão. Bastava um mínimo esforço a mais…

— O papel — repetiu Brédoux.

— Aqui está — disse Beautrelet, tirando do bolso a carteira e entregando-a ao escrivão.

— Ótimo! Está sendo esperto. Realmente, poderia até ser útil… Medroso, mas sensato. Direi aos companheiros. Tenho que ir, até a próxima.

Guardou o revólver e abriu a trava da janela. Ouvia-se já o barulho de passos no corredor.

— Até a próxima, como eu disse. Bem a tempo.

Mas de repente ele parou. Com um gesto, verificou a carteira.

— Miserável… o papel não está aqui… Quis me enganar.

Ele voltou para dentro. Dois tiros foram disparados. Isidore, por sua vez, tinha sacado sua arma e atirado.

— Errou, garoto. A mão tremeu… teve medo…

Os dois se atracaram e rolaram pelo chão. À porta, batiam com insistência.

Isidore foi logo dominado pelo adversário. Era o fim. Viu um punho se erguer, segurando uma faca, e descer. Sentiu uma dor lancinante no ombro e perdeu toda força.

Teve a impressão de revirarem o bolso interno do seu paletó, pegarem o documento. Em seguida, através da névoa que cobria seus olhos, pensou ver Brédoux pulando a janela...

Os mesmos jornais que no dia seguinte noticiavam as últimas ocorrências do caso Ambrumésy, incluindo as falsificações da capela e a descoberta dos cadáveres de Arsène Lupin e Raymonde, além da tentativa de assassinato de Beautrelet pelo escrivão que trabalhava com o juiz de instrução, esses mesmos jornais traziam ainda outra notícia:

O desaparecimento de Ganimard e o sequestro, em plena luz do dia e no centro de Londres, de Herlock Sholmes, no momento em que ele pegava o trem para Dover.

A quadrilha de Lupin, que por um momento se desorganizara pela extraordinária perspicácia de um rapazote de dezessete anos, retomava a ofensiva e logo de início se saía vitoriosa em tudo, em todos os pontos, suprimindo Sholmes e Ganimard, os dois grandes adversários de Lupin, e deixando fora de combate o jovem Beautrelet. Ninguém mais parecia capaz de lutar contra semelhante inimigo.

4. Frente a frente

Seis semanas depois, era véspera do 14 de julho e eu tinha dado a noite de folga para o meu criado. Fazia esse calor abafado que prenuncia tempestades, e a ideia de sair não me animava nem um pouco. Com as janelas da sacada abertas, a luz de leitura acesa, mergulhei na poltrona, disposto a finalmente dar uma olhada nos jornais do dia. É claro, falava-se de Arsène Lupin. Desde a tentativa de assassinato de que fora vítima o pobre Isidore Beautrelet, não se passava um dia sem notícias do caso Ambrumésy. Havia uma coluna diária sobre o assunto. Nunca a opinião pública estivera tão envolvida quanto por aquela série de acontecimentos que se atropelavam, com reviravoltas inesperadas e desconcertantes. O juiz de instrução Filleul, que claramente aceitava — de forma muito louvável — um papel secundário, havia confessado aos repórteres as façanhas do seu jovem conselheiro naqueles três memoráveis dias, e muitos se lançavam nas mais temerárias suposições.

Na verdade, ninguém escapava disso. Especialistas e teóricos do crime, romancistas e dramaturgos, magistrados e antigos dirigentes da Sûreté, grandes detetives de pijama e candidatos a Herlock Sholmes, todos tinham suas teses próprias e as expunham em copiosos artigos. Refaziam e completavam o inquérito. Tudo com base no que levantara um menino, Isidore Beautrelet, aluno de retórica do liceu Janson-de-Sailly.

Pois, não havia como negar, todos os elementos da verdade estavam elucidados. Em que consistia o mistério? Já se conhecia o esconderijo em que Arsène Lupin se abrigou e agonizou. Quanto a isso não havia dúvida, e o dr. Delattre, alegando sigilo profissional para evitar qualquer depoimento oficial, havia confessado aos seus mais chegados — que imediatamente passaram a informação adiante — ter sido mesmo numa cripta que ele atendera um ferido, cujos cúmplices diziam ser Arsène Lupin. E como numa cripta foi encontrado o cadáver de Étienne de Vaudreix, que não era outro senão Arsène Lupin, como provado no inquérito, a identificação do famoso ladrão com o ferido ganhou mais uma comprovação.

Com Lupin morto e o cadáver da srta. de Saint-Véran reconhecido graças ao bracelete que ela usava no pulso, o drama estava terminado.

Mas não estava. Para ninguém estava terminado, pois Beautrelet havia declarado o contrário. Não se sabia o que faltava, mas, pelo que dizia o rapaz, o mistério ainda era total. E, diante da afirmação de Beautrelet, a realidade não se impunha. Ignorava-se alguma coisa e isso ele saberia perfeitamente explicar, não havia dúvida.

Foi então com muita expectativa que se aguardaram os primeiros boletins médicos emitidos pelo hospital de Dieppe, para onde o conde transferira o doente. Que ansiedade, nos primeiros dias, quando sua vida ainda parecia ameaçada! E que entusiasmo na manhã em que os jornais anunciaram que o herói estava fora de perigo! Os mais ínfimos detalhes emocionavam a multidão. Era comovente vê-lo ao lado do seu velho pai, trazido às pressas da Savoia, e todos se enterneciam com a dedicação da srta. de Gesvres, que passara noites à cabeceira do enfermo.

Depois, seguiu-se a convalescência rápida e alegre. Finalmente se saberia! Todos saberiam o que Beautrelet tinha prometido contar a Filleul e as palavras definitivas que a lâmina do criminoso havia impedido! Passariam ao conhecimento geral, além disso, fatos externos ao drama propriamente, mas que continuavam impenetráveis ou inacessíveis aos esforços da justiça.

Com Beautrelet livre e curado, seria possível ter alguma certeza quanto a mister Harlington, o misterioso cúmplice de Arsène Lupin que permanecia detido na prisão de La Santé. Também seria conhecido o paradeiro do escrivão Brédoux, aquele outro cúmplice cuja audácia se mostrara realmente estarrecedora.

Com Beautrelet livre, todos poderiam ter uma ideia precisa com relação ao desaparecimento de Ganimard e ao sequestro de Sholmes. Como dois atentados dessa envergadura puderam acontecer? Os detetives ingleses, assim como os franceses, não tinham a menor pista. Ganimard não voltara para casa no domingo de Pentecostes nem na segunda, e não havia notícias dele fazia seis semanas.

Em Londres, na segunda-feira de Pentecostes, Herlock Sholmes havia tomado um táxi para a estação ferroviária às quatro horas da tarde. Assim que embarcou, tentou descer, provavelmente percebendo o perigo. Só que dois indivíduos subiram no carro pelos dois lados com violência e o mantiveram entre eles, ou melhor, sob eles, se considerarmos as dimensões do veículo. Tudo isso diante de dez testemunhas, que nada puderam fazer, pois a sege partiu a galope. E depois? Depois, mais nada. Nada se sabe.

Por meio de Beautrelet talvez se tivesse também uma explicação completa do documento, o misterioso papel que tinha tanta importância para o escrivão Brédoux, a ponto de fazê-lo atacar a facadas quem tentava decifrá-lo. "O enigma da agulha oca" era como o haviam batizado os incontáveis Édipos que, debruçados sobre os algarismos e pontos, tentavam descobrir seu significado... A agulha oca! Desconcertante associação de duas palavras, incompreensível problema apresentado por um pedaço de papel do qual até mesmo a procedência era desconhecida! Seria uma expressão insignificante? Uma charada dessas que alunos de colégio rabiscam numa folha? Ou duas palavras mágicas que dariam todo sentido à grande aventura do aventureiro Lupin? Nada se sabia.

Mas logo se saberia. Havia vários dias, os jornais anunciavam a chegada de Beautrelet. O confronto estava prestes a se reiniciar e, dessa vez, de modo implacável por parte do jovem, que desejava muito ir à forra.

E foi justamente seu nome, realçado por letras maiores, que atraiu minha atenção. *Le Grand Journal* estampava no alto da página a seguinte nota:

> Obtivemos, da parte do sr. Isidore Beautrelet, prioridade para as suas revelações. Amanhã, quarta-feira, antes mesmo da justiça, *Le Grand Journal* será informado e publicará toda a verdade sobre o drama de Ambrumésy.

— Isso promete, hein? O que acha disso, amigo?

Dei um pulo da poltrona. Numa cadeira bem perto de mim estava um desconhecido.

Fiquei de pé e olhei em volta, procurando o que poderia me servir de arma. Mas a atitude do estranho parecia totalmente inofensiva, então me aproximei.

Era um homem jovem, com feições enérgicas, cabelos compridos e louros. A barba, meio ruiva, terminava em duas pontas curtas. A roupa lembrava a de um pastor anglicano e toda a sua aparência, aliás, tinha algo de austero e grave, que inspirava respeito.

— Quem é o senhor? — perguntei e, sem receber resposta, repeti: — Quem é o senhor e como entrou aqui? O que quer?

Ele olhou para mim e respondeu com outra pergunta:

— Não me reconhece?

— Não.

— Que estranho... Pense um pouco... Um amigo seu... Um amigo de um tipo meio diferente...

Peguei-o pelo braço com força:

— Está mentindo! Não é quem diz ser... não é verdade...

— E por que então pensa nessa pessoa e não em outra? — ele riu.

O riso, aquele riso jovial e limpo, com uma ironia particular que tantas vezes me divertiu. Senti um calafrio. Seria possível?

— Não! — afastei-me com certo pavor. — Não é possível...

— Não é possível porque morri, não é? Não acredita em alma do outro mundo?

Ele riu de novo e continuou:

— Por acaso sou desses que morrem? E morrer daquele jeito, com uma bala nas costas, disparada por uma moça?! Realmente, que ideia faz de mim? Como se eu fosse permitir um final desses!

— É mesmo você! — gaguejei, ainda incrédulo e confuso... — Não consigo acreditar...

— Melhor assim, fico mais tranquilo — ele se mostrou satisfeito. — Se o único sujeito a quem me mostrei sob minha real aparência não me reconhece hoje, qualquer pessoa que me veja daqui em diante como estou hoje também não me reconhecerá quando me vir sob meu real aspecto... se é que tenho um real aspecto...

Identifiquei a voz, agora que ele tinha parado de mudar o timbre; e também os olhos, a expressão do rosto e todas as suas maneiras, o seu próprio ser, através daquela aparência em que o envolvera.

— Arsène Lupin — murmurei.

— Eu mesmo, Arsène Lupin — ele exclamou, pondo-se de pé. — O verdadeiro e único Lupin, de volta do reino das sombras, pois, pelo que parece, agonizei e morri numa cripta. Arsène Lupin vivo como sempre, agindo como bem entende, feliz e livre, mais do que nunca disposto a gozar dessa boa independência, num mundo em que, até o presente, ele só encontrou favores e privilégios.

Foi minha vez de rir.

— Bom, é de fato você e melhor do que no dia em que tive o prazer de vê-lo, ano passado... Meus parabéns.

A alusão era à sua última visita, na sequência da famosa aventura do diadema, do casamento rompido, da sua fuga com Sonia Krichnoff e da morte horrível da jovem russa. Naquele dia, vi um Arsène Lupin que eu não conhecia, fraco, abatido, olhos fundos de chorar, em busca de alguma compaixão e amizade.

— Não fale mais disso, o passado já vai longe.

— Foi apenas há um ano — observei.

— Dez anos. Os anos de Arsène Lupin contam dez vezes mais do que os dos outros.

Não insisti, apenas mudei de conversa:

— Como entrou aqui?

— Deus do céu, como todo mundo! Pela porta. Depois, como não vi ninguém, atravessei a sala, segui a sacada e aqui estou.

— Entendo, mas e a chave da porta?

— Não existem portas para mim, você sabe. Precisava do seu apartamento e entrei.

— Sinta-se em casa. Estou incomodando?

— De forma alguma, não vai atrapalhar. Posso inclusive dizer que teremos uma noitada interessante.

— Espera alguém?

— Espero. Marquei aqui às dez horas…

Tirou do bolso o relógio.

— Dez horas. Se tiver recebido o telegrama, não deve demorar…

Ouviu-se a campainha no hall de entrada.

— Não disse? Não se incomode… deixe que eu abro.

Com mil diabos, com quem ele podia ter marcado? A qual cena dramática e burlesca eu não iria assistir? Por que o próprio Lupin a considerava digna de interesse? Era certamente algo fora do comum.

Pouco tempo depois ele voltou e deu passagem a um rapaz magro, alto, de rosto muito branco.

Sem nada dizer, com gestos um tanto solenes, que estranhei, Lupin acendeu todas as lâmpadas elétricas. A sala ficou iluminadíssima. Os dois personagens se olharam com insistência, como se achassem que, pelo esforço dos seus olhos ardentes, entenderiam um ao outro. Era um espetáculo impressionante vê-los ali, graves e silenciosos. Mas quem seria o recém-chegado?

Quando eu estava prestes a adivinhar, pela semelhança com uma fotografia publicada recentemente, Lupin se voltou para mim:

— Caro amigo, quero lhe apresentar o sr. Isidore Beautrelet.

E imediatamente, virando-se para o rapaz:

— Quero agradecer, sr. Beautrelet, primeiro por ter adiado suas revelações para depois desse encontro, conforme minha carta solicitando esse favor. E depois, por tão elegantemente aceitar essa entrevista.

Beautrelet sorriu.

— Lembro que minha elegância se resumiu a seguir suas condições. A ameaça que fazia na carta em questão me pressionava um bocado, visto se dirigir não a mim, mas ao meu pai.

— Bom — respondeu Lupin, rindo —, a gente faz o que pode. Somos obrigados a apelar para os meios de ação que temos à disposição. Por experiência, eu sabia que sua própria segurança não o faria recuar, já que resistiu aos argumentos do sr. Brédoux. E como havia seu pai... de quem é tão próximo... era o que eu tinha à mão.

— E aqui estou — concordou Beautrelet.

Convidei-os a se sentarem. Eles aceitaram e Lupin, naquele tom de imperceptível ironia que lhe é peculiar, disse:

— Em todo caso, sr. Beautrelet, mesmo que não aceite meu agradecimento, espero que não recuse minhas desculpas.

— Desculpas? Por qual motivo?

— Pela brutalidade que o tal Brédoux empregou com o senhor.

— Confesso que fiquei surpreso. Não era a maneira Lupin de agir. Uma facada?...

— Não tive participação nisso. Brédoux foi recrutado há pouco tempo. Meus amigos, forçados a temporariamente assumir a direção dos negócios, acharam que seria útil trazer para a nossa causa o escrivão do próprio juiz que instruía o inquérito.

— Seus amigos estavam certos.

— De fato, Brédoux foi especificamente destacado para vigiá-lo e acabou sendo bastante útil. Mas, com esse entusiasmo típico dos novatos que querem aparecer, levou as coisas um pouco longe demais e contrariou meus planos, atacando-o por iniciativa própria.

— Só um pequeno contratempo.

— Nada disso, e eu severamente o critiquei. A favor dele, no entanto, devo dizer que foi surpreendente a rapidez da sua investigação. Tivesse nos deixado mais algumas horas, evitaria aquele ataque imperdoável.

— Para, sem dúvida, ter a grande vantagem de usufruir do mesmo destino que os srs. Ganimard e Sholmes.

— Exatamente — concordou Lupin, rindo ainda mais. — E eu não teria passado pela aflição que seu ferimento me causou. Tive momentos terríveis por isso, juro. E vendo-o agora, sua palidez me causa um grande remorso. Ainda está muito chateado comigo?

— A prova de confiança que me dá, entregando-se sem impor maiores condições, apaga tudo. Pois, é claro, teria sido fácil para mim trazer alguns amigos de Ganimard.

Será que o jovem Beautrelet falava sério? Confesso ter ficado bastante apreensivo. O embate entre os dois começava de um jeito que eu não conseguia entender. Tendo assistido ao primeiro confronto entre Lupin e Sholmes no café perto da Gare du Nord, eu não podia deixar de me lembrar da postura altiva dos dois homens, o choque terrível das suas personalidades orgulhosas sob a aparente polidez com que se tratavam, os duros golpes trocados, os ardis e a arrogância.

Ali nada que se comparasse; Lupin, em sua essência, não havia mudado. Era a mesma tática, a mesma afabilidade irônica. Porém, com que estranho adversário ele se confrontava agora! Seria de fato um adversário? Não tinha o tom nem a aparência. Muito calmo, mas de uma calma real, que não tentava apenas ocultar os ímpetos de alguém que se controla. Polido, mas sem exagero, sorridente, mas sem zombaria, Beautrelet oferecia, diante de Arsène Lupin, o mais perfeito contraste. Tão perfeito que o próprio Lupin parecia desconcertado, talvez até mais do que eu.

Não, realmente, confrontado com aquele adolescente frágil e de faces rosadas, olhar cândido e encantador, Lupin não tinha a mesma desenvoltura de sempre. Várias vezes notei sinais de constrangimento. Hesitava, não atacava com firmeza, perdia tempo com frases demasiado doces e empoladas.

Era como se lhe faltasse alguma coisa e ele parecia procurar, esperar... Esperar o quê? Qual socorro?

Tocaram a campainha mais uma vez. Ele imediatamente tomou a iniciativa e foi abrir a porta.

Voltou com um envelope.

— Com licença, amigos — ele disse enquanto abria um telegrama, que leu em silêncio.

Então ocorreu uma transformação em todo o seu corpo, que tomou outra postura. O rosto se iluminou e vi latejarem as veias das suas têmporas. Era o atleta de sempre que reaparecia, dominante, seguro de si, senhor de tudo e de todos. Pôs o telegrama em cima da mesa e, batendo nele com o punho fechado, disse:

— Muito bem, sr. Beautrelet, a nós!

O rapaz se endireitou na cadeira, mais atento, e Lupin começou, com voz contida, mas seca e determinada:

III

— Vamos tirar as máscaras, concorda? Deixemos de lado nossas hipocrisias. Somos inimigos e sabemos muito bem o que devemos esperar um do outro; é como inimigos que agimos e, consequentemente, como inimigos devemos negociar.

— Negociar? — surpreendeu-se Beautrelet.

— Sim, negociar. Não se trata de uma palavra casual e a repito, mesmo sem gostar do que significa. E significa muito. É a primeira vez que a emprego, falando com um adversário. Mas também, prefiro logo dizer, a última. Aproveite. Não sairei daqui sem uma promessa sua. Ou será a guerra.

Beautrelet parecia cada vez mais surpreso, e com ingenuidade disse:

— Não esperava por isso… está falando de maneira estranha. Tão diferente do que achei que seria. Eu o imaginava de outra maneira… Por que essa raiva e essas ameaças? Somos inimigos só porque as circunstâncias nos dispõem em lados opostos? Inimigos… por quê?

Lupin pareceu ficar novamente desconcertado e riu, inclinando-se sobre o rapazote:

— Ouça, menino, não se trata de medir palavras. Trata-se de um fato, um fato real, indiscutível. É o seguinte: nos últimos dez anos, nunca tive um adversário como você. Com Ganimard, com Herlock Sholmes, foi uma brincadeira de criança. Agora estou sendo obrigado a me defender, e digo mais, a recuar. Não nego, pois sabemos muito bem que, neste momento, devo me considerar acuado. Isidore Beautrelet levou a melhor sobre Arsène Lupin. Meus projetos estão de cabeça para baixo. O que sempre tentei deixar à sombra, você trouxe à luz do dia. Você tem me atrapalhado, pondo-se no meu caminho. Pois bem, passou da conta! Inutilmente Brédoux o avisou. Então insisto para que leve isto a sério: perdi a paciência!

— Mas, afinal, o que quer?

— Trabalhar em paz! Cada um no seu lugar, cada um com seus assuntos.

— Quer dizer, o senhor livre para roubar à vontade e eu livre para voltar aos meus exames.

— Aos seus exames… ao que quiser… Isso não é da minha conta. Mas trate de me deixar em paz… é o que quero, paz.

— E como estou a perturbá-la agora?

Lupin pegou a mão dele com força.

— Sabe muito bem! Não finja que não. Teve acesso a um segredo que é de suma importância para mim. Era direito seu querer decifrá-lo, mas de forma alguma torná-lo público.

— Acha mesmo que consegui?

— Conseguiu, tenho certeza. Segui o curso do seu pensamento e os progressos da sua investigação a cada dia, a cada hora. No momento mesmo em que Brédoux o esfaqueou, você estava prestes a contar. Por preocupação com seu pai, você adiou as revelações que daria. Mas agora as prometeu a esse jornal que aqui está. O artigo está pronto. Dentro de uma hora entrará em composição e amanhã será publicado.

— É verdade.

Lupin se levantou e, cortando o ar com um gesto da mão, avisou:

— Ele não será publicado!

Foi a vez de Beautrelet se pôr bruscamente de pé:

— Será.

Os dois estavam enfim frente a frente. Tive a impressão de um choque, como se já estivessem partindo às vias de fato. Uma súbita energia inflamava Beautrelet. Era como se uma faísca tivesse acendido nele sentimentos novos de audácia, de amor-próprio, de disposição física. Sentia-se a embriaguez do perigo.

Em Lupin, enquanto isso, pelo brilho que emanava de todo o seu corpo, eu percebia a alegria do duelista que finalmente encontra a arma do detestado rival.

— O artigo foi entregue?

— Ainda não.

— Está com ele... aqui?

— Seria idiota da minha parte, eu já não o teria mais.

— E onde está?

— Com um dos jornalistas, dentro de um envelope duplo. Se à meia-noite eu não estiver no jornal, ele o mandará compor.

— Maldição! — murmurou Lupin. — Foi tudo previsto.

Sua irritação visivelmente fermentava, aterradora.

Beautrelet riu, dando-se ao luxo de zombar, saboreando o triunfo.

— Quieto, pirralho! — descontrolou-se Lupin. — Não se dá conta de quem sou? Se eu quiser... Caramba, ele se atreve a rir.

Fez-se um pesado silêncio. Em seguida, Lupin deu um passo e disse, com uma voz cavernosa, olhando Beautrelet diretamente nos olhos.

— Você irá correndo ao jornal...

— Não irei.

— E vai destruir o artigo.

— Não farei isso.

— Vai procurar o chefe de redação.

— Mais uma vez, não.

— Dirá que cometeu um engano.

— Não.

— E escreverá outro artigo sobre o caso Ambrumésy, concordando com a versão oficial e já aceita por todo mundo.

— Não.

Lupin pegou uma régua de metal que estava em cima da minha escrivaninha e, sem o menor esforço, partiu-a ao meio. Estava assustadoramente branco. Enxugou gotas de suor na testa. A ele, que não estava acostumado a ser desobedecido, a teimosia daquele menino enfurecia.

Ele pousou as mãos no ombro de Beautrelet e disse, entre os dentes:

— Fará o que eu mandar, dirá que suas últimas descobertas o convenceram da minha morte, não tendo mais dúvida alguma nesse sentido. É o que eu quero e é o que você dirá. As pessoas devem achar que morri. Mas dirá isso porque, de outra forma...

— De outra forma?

— Seu pai será sequestrado ainda esta noite, como Ganimard e Herlock Sholmes foram.

Beautrelet riu.

— Não ria, responda.

— Respondo: sinto muito contrariá-lo, mas prometi falar e falarei.

— Fale do jeito que estou te dizendo.

— Falarei o que creio ser a verdade — exclamou o jovem com convicção. — É algo que o senhor não pode compreender, o prazer, ou melhor, a necessidade de dizer as coisas como elas realmente são, dizer em voz alta. A verdade está aqui, no cérebro que a descobriu, e dele sairá nua e crua. O artigo será publicado tal qual foi escrito. Todos saberão que Lupin está vivo e por que ele prefere que o imaginem morto. Saberão tudo.

E acrescentou com toda tranquilidade:

— E meu pai não será sequestrado.

Os dois mais uma vez se calaram, ainda de olhos fixos um no outro. Mutuamente se vigiavam, espadas em guarda. Era o pesado silêncio que precede o golpe mortal. Quem venceria?

Lupin murmurou:

— Às três horas da madrugada, exceto por ordem contrária minha, dois amigos meus entrarão no quarto do seu pai e, por bem ou por mal, o levarão para onde se encontram Ganimard e Herlock Sholmes.

A resposta de Beautrelet foi uma gargalhada.

— Então você não vê, bandido, que tomei minhas precauções? Imaginou mesmo que eu fosse ingênuo a ponto de deixar que meu pai voltasse para sua casinha isolada no meio do mato?

Que bela risada sarcástica aflorou no rosto do rapazinho! Uma risada que era nova para ele e na qual se sentia a influência do próprio Lupin... E ter insolentemente passado a chamá-lo de "você", pondo-se em pé de igualdade com o adversário! Ele continuou:

— Seu grande defeito, Lupin, é se imaginar infalível. Disse ter sido derrotado, que piada! Está certo de, no fim, levar sempre a melhor... e esquece que outras pessoas também podem ter seus truques. O meu é bem simples, amigo.

Era maravilhoso ouvi-lo falar. Ele ia e vinha com as mãos nos bolsos, com a petulância e a desenvoltura de um moleque que provoca um animal feroz acorrentado. Naquele momento ele realmente vingava, com a mais terrível vingança, todas as vítimas do grande aventureiro. E arrematou:

— Lupin, meu pai não está na Savoia. Está do outro lado da França, no meio de uma cidade grande, protegido por vinte amigos que não o perderão de vista até o fim da nossa batalha. Quer alguns detalhes? A cidade é Cherbourg, e a casa é de um funcionário do Arsenal — fechado durante a noite e no qual só se entra durante o dia, com uma autorização e na companhia de um guia.

Ele tinha parado à frente de Lupin e o olhava, provocador, como um menino que faz careta para um colega. Afinal, concluiu:

— O que me diz, mestre?

Havia alguns minutos Lupin não se mexia. Músculo nenhum do seu rosto se alterava. Em que estava pensando? O que ia decidir? Para qualquer um que conhecesse a violência obstinada do seu orgulho, uma só consequência era possível: a destruição total, imediata e definitiva do inimigo. Seus dedos se crisparam e eu, por um momento, achei que ele ia se jogar em cima do adversário e estrangulá-lo.

— O que me diz, mestre? — ele repetiu.

Lupin pegou o telegrama em cima da mesa e, muito seguro de si, apenas respondeu:

— Pegue, pirralho, leia.

Beautrelet ficou sério, impressionado com a tranquilidade do gesto. Desdobrou o papel e imediatamente, erguendo os olhos, perguntou baixinho:

— O que isso quer dizer? Não entendo.

— Pelo menos a primeira palavra você deve entender, a primeira palavra no cabeçalho... o lugar de onde o telegrama foi enviado... Confira... *Cherbourg*.

— Estou vendo... — balbuciou Beautrelet — ... estou vendo, *Cherbourg*... o que tem?

— O que tem? Mas acho que o restante é igualmente claro: *Retirada da encomenda feita... companheiros já estão com ela e esperam instruções até 8h. Tudo correu bem*. O que não entende? A palavra "encomenda"? Há de ver que não podiam escrever *Beautrelet pai*. A maneira como a operação foi executada? O milagre permitindo que seu pai fosse tirado do Arsenal de Cherbourg, apesar dos seus vinte guarda-costas? Francamente, é o bê-á-bá da arte! Resumindo, a encomenda foi encaminhada. O que me diz, pirralho?

Do fundo da alma e com todo o esforço que era capaz de reunir, Isidore tentava manter as aparências. Mas era visível o tremor nos lábios, o maxilar que se contraía, os olhos que em vão tentavam se fixar num ponto. Ele gaguejou algumas palavras, calou-se e de repente, desabando, com as mãos no rosto, começou a chorar:

— Papai... papai...

Desfecho imprevisto, mas era o mínimo que exigia o amor-próprio de Lupin. Outra coisa, porém, algo infinitamente tocante e infinitamente pueril, se acrescentou à cena. Lupin teve um gesto de impaciência e pegou seu chapéu, parecendo se irritar com aquele insólito derramamento de sensibilidade. Já na porta ele parou, pensou um pouco e voltou devagar.

O som dos soluços abafados se ampliava como um choro desconsolado de criança. Os ombros marcavam o ritmo desolador. Lágrimas brotavam entre os dedos cruzados diante dos olhos de Beautrelet, e Lupin se inclinou ao seu lado, dizendo apenas, sem que houvesse nisso qualquer sinal de ironia ou da indulgência orgulhosa dos vencedores:

— Não chore, garoto. São golpes que deve esperar quem entra de cabeça numa batalha, como você fez. Os piores desastres nos ameaçam… Faz parte do destino de quem luta. É preciso passar por isso com coragem.

Depois, com carinho, ele continuou:

— Você tem razão, não somos inimigos. Há tempos sei disso… Desde o primeiro momento senti por você, pela pessoa inteligente que é, uma simpatia involuntária… uma admiração. Por isso quero dizer uma coisa… não se ofenda… seria horrível para mim achar que o ofendi… mas preciso dizer… Por favor, pare de lutar contra mim… Não é por vaidade que digo isso… menos ainda por menosprezá-lo. Entenda… é uma luta muito desigual. Você não sabe… ninguém sabe dos recursos de que disponho. Veja o segredo da Agulha Oca que você tenta decifrar, imagine por um instante que se trata de um tesouro formidável, inesgotável... ou um refúgio invisível, prodigioso, fantástico... ou as duas coisas, quem sabe... Pense no poder sobre-humano que isso me daria! E não sabe também os recursos que tenho em mim... tudo que minha vontade e minha imaginação me permitem empreender e conseguir. Pense que minha vida inteira, desde que nasci, pode-se dizer, voltou-se para a mesma meta. Trabalhei como um condenado para chegar ao que sou e realizar com toda perfeição o tipo que eu quis criar, que consegui criar. Então... o que você pode fazer? No momento em que achar que atingiu a vitória, ela escapará... haverá sempre algo em que você não pensou... um nada... o grão de areia que terei plantado no lugar certo, sem que você percebesse... Por favor, desista... Serei obrigado a machucá-lo e detestaria fazer isso...

Colocando afinal a mão na testa de Isidore, ele repetiu:

— Pela segunda vez, desista. Vou machucá-lo. Quem sabe se a armadilha em que você inevitavelmente cairá já não está aberta à sua frente?

Beautrelet tirou a mão do rosto. Não chorava mais. Teria ouvido as palavras de Lupin? Podia-se achar que não, pois parecia distraído. Por dois ou três minutos ele ficou em silêncio. Parecia pesar a decisão que estava prestes a tomar, examinar os prós e os contras, levantar as chances favoráveis e desfavoráveis. E finalmente disse:

— Se eu mudar o que diz o artigo e confirmar sua morte, comprometendo-me também a nunca desmentir essa versão falsa que estarei abonando, jura que meu pai será solto?

— Juro. Meus amigos levaram seu pai para outra cidade do interior. Às sete horas de amanhã, se o artigo do *Le Grand Journal* estiver de acordo com minha solicitação, telefonarei e eles soltarão seu pai.

— Está bem. Aceito suas condições.

Rapidamente, como se achasse desnecessário prolongar a conversa, já que tinha aceitado a derrota, ele se levantou, pegou seu chapéu, cumprimentou-me, cumprimentou Lupin e saiu.

Lupin acompanhou-o com o olhar, ouviu o barulho da porta sendo fechada e murmurou:

— Pobre rapaz...

NA MANHÃ SEGUINTE, às oito horas, mandei meu criado ir comprar o *Le Grand Journal*. Ele só voltou depois de vinte minutos, pois a maioria das bancas já não tinha mais nenhum exemplar.

Febrilmente desdobrei a folha. Na primeira página estava o artigo de Beautrelet. Cito-o tal como foi reproduzido pelos jornais do mundo inteiro:

O DRAMA DE AMBRUMÉSY

Meu objetivo, ao escrever essas linhas, não é explicar em detalhes o esforço de reflexão e pesquisa graças ao qual consegui reconstituir o drama, ou melhor, o duplo drama de Ambrumésy. A meu ver, esse tipo de trabalho e os comentários que ele requer, com deduções, induções, análises etc., têm apenas um interesse relativo e, de qualquer modo, bastante banal. Contento-me então em realçar minhas duas diretrizes e com isso se verificará que, apontando-as e solucionando os dois problemas que elas levantam, terei simplesmente narrado o caso, dentro da ordem dos fatos que o constituem.

Talvez se observe que alguns desses fatos não foram demonstrados e que deixo uma ampla margem à hipótese. Isso é verdade, mas penso que minha hipótese se fundamenta num número suficientemente grande de certezas para que o seguimento dos fatos, apesar de não comprovados, se imponha com inflexível rigor. A nascente de um rio muitas vezes se esconde sob um leito de pedras e, mesmo assim, é a mesma nascente que se vê nos intervalos em que o céu azul se reflete…

Uso essa imagem para enunciar o primeiro enigma que se apresentou a mim, um enigma não de detalhes, mas de conjunto: como Lupin, mortalmente ferido, por assim dizer, sobreviveu quarenta dias sem cuidados médicos e sem alimentos, no fundo de um buraco escuro?

123

Retomemos o caso do início. Na quinta-feira, 16 de abril, às quatro horas da manhã, surpreendido no meio de um dos seus mais audaciosos assaltos, Arsène Lupin foge pelo caminho das ruínas e tomba, ferido por uma bala. Arrasta-se com dificuldade, cai e torna a se levantar, esperando apenas chegar à capela, onde o acaso lhe revelara haver uma cripta. Se conseguir se esconder ali, talvez se salve. Usando toda a sua energia, ele se aproxima e está a poucos metros, quando ouve alguém chegando. Exausto, perdido, ele desiste. O inimigo aparece. É a srta. Raymonde de Saint-Véran. Esse é o prólogo do drama, ou melhor, seu primeiro ato.

O que se passou entre os dois? Não é difícil adivinhar, já que a sequência da aventura nos fornece todas as indicações. Aos pés da jovem se encontra um homem ferido, esgotado pelo sofrimento e que em dois minutos será capturado. Ela própria o feriu, iria também entregá-lo?

Com certeza, a jovem deixaria que se cumprisse o destino. Se for aquele o assassino de Jean Daval, sim, ela deixará que seu destino se cumpra. Mas em frases rápidas o ferido conta a verdade sobre a morte cometida por seu tio, o sr. de Gesvres, em legítima defesa. Ela acredita. O que fazer? Ninguém os vê. Victor, um empregado, vigia a portinhola. O outro, Albert, na janela do salão, perdeu-os de vista. Entregaria o homem que ela própria feriu?

Um impulso irresistível de piedade, que toda mulher há de compreender, invade a jovem. Seguindo as indicações de Lupin, ela se serve do próprio lenço para limpar a ferida e evitar qualquer vestígio que o sangue inevitavelmente deixaria. Depois, usando uma chave que ele lhe dá, abre a porta da capela. Ajudado pela moça, Lupin entra. A porta é novamente fechada e ela se afasta. Albert chega.

Se revistassem a capela naquele momento, ou nos minutos seguintes, Lupin, sem tempo de recuperar as forças para erguer a laje e descer a escada da cripta, seria preso... Mas essa inspeção só aconteceu seis horas depois, e de maneira superficial. Lupin estava salvo, e salvo por quem? Por quem quase o matou.

A partir daí, querendo ou não, a srta. de Saint-Véran é sua cúmplice. Não só se torna mais difícil entregá-lo, mas é preciso que dê continuidade ao que começou, pois sem isso o ferido morrerá no refúgio onde ela o ajudou a se esconder. E é o que ela faz... Se por um lado o instinto feminino a obriga a completar a tarefa, por outro ele a facilita: ela tem toda a delicadeza necessária e tudo prevê. Foi quem deu ao juiz de instrução uma descrição errada de Arsène Lupin (lembrem-se da divergência a respeito disso nos depoimentos das duas primas). Foi quem evidentemente percebeu, baseada em não sei quais indícios, que o homem disfarçado de cocheiro era um cúmplice de Lupin e o avisou da urgência de uma cirurgia. Foi quem certamente trocou os bonés. Foi quem mandou que escrevessem o famoso bilhete ameaçando-a...

Como, depois disso, desconfiar dela?

Foi ela ainda quem, no momento em que eu ia contar ao juiz de instrução minhas primeiras impressões, disse ter me visto, na véspera, no pequeno bosque ao lado do castelo, pondo-me sob suspeita e me reduzindo ao silêncio. Foi uma atitude sem dúvida perigosa, pois despertou minha desconfiança, já que me acusava de algo que eu sabia ser falso, mas atitude eficaz, pois se tratava sobretudo de ganhar tempo e me fazer calar. Foi ela quem, por quarenta dias, levou alimentos e remédios a Lupin (que interroguem o farmacêutico de Ouvilie, ele pode mostrar as receitas que aviou para a srta. de Saint-Véran), e foi quem, enfim, cuidou do doente, trocou os curativos e possibilitou sua cura.

Temos então o primeiro dos nossos dois problemas solucionado, ao mesmo tempo que o drama foi narrado. Arsène Lupin encontrou, no próprio castelo, o socorro de que necessitava, primeiro para não ser descoberto, depois para sobreviver.

E ele sobrevive. É então que se apresenta o segundo problema, cuja investigação me serviu de fio condutor e nos leva ao segundo drama de Ambrumésy. Por que estando vivo, livre, mais uma vez à frente da sua quadrilha e todo-poderoso como antes, Lupin se esforça tanto — um esforço contra o qual me choquei todo o tempo — para que a justiça e o público acreditem que está morto?

Devemos nos lembrar de que a srta. de Saint-Véran era muito bonita. As fotografias publicadas nos jornais depois do seu desaparecimento não fazem jus à sua beleza. Acontece então o que não podia deixar de acontecer. Lupin, que por quarenta dias é assistido por essa bela jovem, ansiosamente aguarda suas visitas e se encanta com seu charme e sua graça quando ela está presente, sente seu perfume quando ela se aproxima... enfim, apaixona-se por sua enfermeira. A gratidão se transforma em amor, a admiração em paixão. Ela é a salvação, mas também a alegria dos seus olhos, o sonho das suas horas de solidão, sua claridade, sua esperança, sua vida.

Ele a respeita a ponto de não explorá-la para orientar seus cúmplices. E vemos, de fato, certa confusão nas ações da quadrilha nesse período. Para além do respeito, porém, ele a ama, e como a srta. de Saint-Véran parece não se sensibilizar com esse amor que a ofende — espaçando suas visitas na medida em que se tornavam menos necessárias e interrompendo-as de vez quando o considera curado —, em desespero e louco de dor, ele toma uma decisão terrível. Deixa o esconderijo, prepara seu golpe e, no sábado 6 de junho, com a ajuda dos comparsas, sequestra a jovem.

Mas não só isso. O rapto não deve ser conhecido, é preciso acabar com as buscas, as suposições e até com as esperanças: a srta. de Saint-Véran deve passar por morta. Simula-se seu assassinato e provas são dadas. Não há dúvida quanto ao crime, que já estava previsto, aliás, anunciado pelos cúmplices e executado para vingar a morte do chefe. Isso inclusive — admiremos a maravilhosa perspicácia de semelhante concepção —, inclusive, como direi?, fornece base para que se acredite nessa morte.

Mas suscitar a crença não basta, é preciso haver certeza. Lupin previu minha intervenção, a constatação do logro da capela e a descoberta da cripta. Mas, estando a cripta vazia, tudo iria por água abaixo.

Ela não pode então estar vazia.

Da mesma forma, a morte da srta. de Saint-Véran só será definitiva se o mar trouxer de volta seu cadáver.

E o mar trouxe de volta o cadáver da srta. de Saint-Véran!

Tudo isso representa uma dificuldade imensa? Um duplo obstáculo intransponível? Sim, mas não para alguém como Lupin, não para Lupin.

Como ele havia previsto, descobri a falsificação da capela, encontrei a cripta, desci à toca em que Lupin se escondeu. E encontrei seu cadáver!

Qualquer um que tivesse admitido a morte de Lupin se daria por satisfeito, mas em momento algum admiti isso (por intuição primeiro e depois por raciocínio). O subterfúgio se mostrou vão, e inúteis todos os seus preparativos. De imediato achei que o bloco de pedra abalado pelo enxadão estava ali de forma um tanto curiosa e que a menor pancada o faria desabar, desfigurando a cabeça do falso Arsène Lupin, de modo que se tornasse irreconhecível.

Meia hora depois, outra descoberta. Soube que o cadáver da srta. de Saint-Véran havia sido encontrado nos rochedos de Dieppe... ou melhor, um cadáver que se estimou ser o da srta. de Saint-Véran, pois tinha no pulso um bracelete como o que ela usava. Era, aliás, a única marca de identidade, pois o cadáver estava bastante deteriorado.

Nesse momento, lembrei-me de algo que tinha lido, dias antes, no *La Vigie* de Dieppe, e entendi. Um jovem casal de americanos, passando uma temporada em Envermeu, se suicidara com veneno, mas na mesma noite seus cadáveres haviam desaparecido. Corri a Envermeu. A história era verdadeira, disseram-me, exceto no tocante ao desaparecimento, pois os próprios irmãos das vítimas tinham reclamado os cadáveres, depois das formalidades de praxe. Esses irmãos eram sem dúvida Arsène Lupin e companhia.

Temos então a prova. Sabemos o motivo pelo qual Arsène Lupin simulou o assassinato da jovem e fabricou o boato de sua própria morte. Ele ama, mas não quer que se saiba disso. E para que não se saiba, ele não recua diante de nada, chegando a esse incrível roubo dos dois cadáveres, necessários para que representassem os papéis da srta. de Saint-Véran e dele próprio. Com isso, ele poderia estar tranquilo. Ninguém vai imaginar a verdade que ele quer abafar.

Ninguém? Não é o caso... Três adversários podem levantar alguma suspeita: Ganimard, de quem se aguarda a chegada, Herlock Sholmes, prestes a atravessar o canal da Mancha, e eu, que estou presente no local. Um triplo perigo, que ele afasta: sequestra Ganimard, sequestra Herlock Sholmes, e Brédoux tenta me matar.

Um ponto apenas se mantém obscuro. Por que Lupin se esforçou tanto para roubar de mim o documento da Agulha Oca? Não tinha a pretensão, ao fazê-lo, de apagar da minha memória as cinco linhas que o compõem. Então, por quê? Temia que a natureza do papel, ou outro indício qualquer, fornecesse alguma informação?

Enfim, esta é a verdade sobre o caso Ambrumésy. Repito que a hipótese tem certa importância na explicação que proponho, assim como teve nas minhas investigações. Mas, se esperarmos por provas e fatos para combater Lupin, corremos o risco de continuar esperando ou então descobrir que, forjados por Lupin, esses fatos e provas nos levariam ao oposto do que buscávamos.

Acredito que os fatos, quando forem conhecidos, confirmarão minha hipótese de cima a baixo.

Estava claro que Beautrelet, depois de aceitar a derrota, transtornado pelo sequestro do pai, não conseguira guardar silêncio. A verdade era bela e estranha demais, as provas levantadas lógicas e concludentes demais para que ele aceitasse maquiá-la. O mundo inteiro aguardava suas revelações. Ele decidira falar.

Na noite daquele mesmo dia em que o artigo foi publicado, os jornais noticiavam o sequestro do sr. Beautrelet pai. Isidore já havia sido avisado por um telegrama recebido de Cherbourg, às três horas da tarde.

5. Na pista

A VIOLÊNCIA DO GOLPE abalou o jovem Beautrelet. No fundo, apesar de ter seguido, ao publicar o artigo, um desses impulsos irresistíveis que nos fazem deixar de lado toda prudência, ele não havia acreditado tanto na possibilidade do sequestro. As precauções tinham sido muito bem planejadas. Os amigos de Cherbourg não deviam apenas guardar o velho Beautrelet, mas vigiar suas idas e vindas, nunca deixá-lo sair sozinho e inclusive não lhe entregar correspondência nenhuma que não tivesse sido aberta antes. Não, não podia haver perigo. Lupin blefava. Querendo ganhar tempo, procurava intimidar o adversário. O golpe pegou-o então quase de surpresa e, pelo resto do dia, na incapacidade em que se encontrava de agir, ele se sentiu dolorosamente culpado. Uma única ideia o sustentava: ir a Cherbourg, ver por si mesmo e retomar a ofensiva. Enviou um telegrama e, por volta das oito da noite, chegou à estação Saint-Lazare. Minutos depois, embarcou no trem expresso.

Apenas uma hora depois, desdobrando sem muito interesse o vespertino comprado na estação, teve conhecimento da famosa carta de Lupin, uma resposta indireta ao seu artigo.

Sr. diretor,

Não creio que minha modesta personalidade, que em tempos mais heroicos passaria completamente despercebida, deixe de despertar interesse nessa nossa época fraca e medíocre. Mas é preciso que se estabeleça um limite à curiosidade doentia do público, sob pena de desonesta indiscrição. Se o muro da privacidade não for respeitado, que garantia haverá para os cidadãos?

Invocar os superiores interesses da verdade? Com relação a mim só pode ser um pretexto dos mais insignificantes, pois a verdade é conhecida e não me nego a oficialmente confessá-la. De fato, a srta. de Saint-Véran está viva. De fato, amo-a e sofro por esse amor não ser recíproco. De fato, a investigação do jovem Beautrelet é admirável por sua precisão e justeza. De fato, estamos de acordo em todos os pontos. Não há mais enigma. Ótimo… e agora?

Atingido na profundeza da alma, sangrando ainda pelos mais cruéis ferimentos morais, peço que não sirvam à torpeza pública meus sentimentos mais íntimos e minhas mais secretas esperanças. Peço paz, a paz de que necessito para conquistar a afeição da srta. de Saint-Véran e para apagar da sua memória os mil pequenos ultrajes que sofreu, por parte de seu tio e de sua prima — isso em momento algum foi levantado —, dada sua condição de parente pobre. A srta. de Saint-Véran esquecerá esse passado detestável. Tudo que ela desejar, seja a mais bela joia do mundo, seja o tesouro mais inacessível, eu porei aos seus pés. Ela será feliz e me amará. Mas para isso, insisto, preciso de paz. Assim sendo, encerro minhas atividades, oferecendo aos meus inimigos o ramo de oliveira. No entanto, amigavelmente deixo claro que qualquer recusa por parte deles pode ter as mais graves consequências e lhes custará caro.

Uma palavra ainda, para falar de mr. Harlington. Sob esse nome falso se esconde uma ótima pessoa, o secretário particular de um milionário americano chamado Cooley e por ele encarregado de conseguir na Europa qualquer objeto de arte antiga que for possível descobrir. O azar fez com que ele se envolvesse com meu amigo Étienne de Vaudreix, na verdade Arsène Lupin, na verdade eu mesmo. Ele soube então que um certo sr. de Gesvres queria se desfazer de quatro Rubens — o que era mentira —, sob a condição de que fossem substituídos por cópias e que isso não fosse divulgado. Meu amigo Vaudreix garantia também poder convencer o sr. de Gesvres a vender a Chapelle-Dieu. As negociações se encaminharam com total boa-fé por parte do meu amigo Vaudreix e com encantadora ingenuidade por parte de mr. Harlington, até o dia em que os Rubens e as pedras esculpidas da Chapelle-Dieu foram postos em lugar seguro... e mr. Harlington na prisão. Deve-se então soltar o infeliz americano, que se limitou ao modesto papel de intermediário ludibriado, e responsabilizar o milionário Cooley que, temendo possíveis contratempos, não protestou contra a prisão do seu secretário. Que se parabenize também meu amigo Étienne de Vaudreix — quer dizer, eu —, que vinga a moral pública, não devolvendo os cinco mil francos recebidos como adiantamento da parte do pouco simpático Cooley.

Desculpando-me por me estender tanto nessas linhas, sr. diretor, receba meus mais sinceros cumprimentos.

Arsène Lupin

Isidore pesou os termos dessa carta provavelmente com a mesma minúcia que havia empregado tentando decifrar o documento da Agulha Oca. Partia do princípio, fácil de ser demonstrado, de que Lupin nunca se dava ao trabalho de enviar qualquer uma das suas divertidas cartas aos jornais sem uma necessidade premente, sem um motivo que os acontecimentos não deixariam, mais dia menos dia, de trazer à tona. Qual seria o motivo desta? Por que razão confessava seu amor e o insucesso desse amor? Era onde ele devia se concentrar ou nas explicações sobre mr. Harlington? Ou, mais adiante ainda, nas entrelinhas, por trás de todas aquelas palavras cujo significado aparente talvez só tivesse a finalidade de sugerir uma ideia enganosa, pérfida, desnorteadora?

Fechado em sua cabine, por horas ele ficou pensativo, inquieto. A carta inspirava desconfiança, como se tivesse sido escrita para ele especificamente, para levá-lo a um erro. Pela primeira vez, e por se encontrar diante não mais de um ataque direto, mas de uma forma de luta ambígua, indefinível, ele tinha uma flagrante sensação de medo. Pensando em seu bom e velho pai, raptado por sua culpa, ele, aflito, se perguntava se não tinha sido loucura dar continuidade a um duelo tão desigual. O resultado já não era certo? Lupin já não era vencedor por antecipação?

Mas o desânimo não durou tanto! Ao descer do trem, às seis da manhã, recuperado por algumas horas de sono, ele já se sentia plenamente confiante.

Na plataforma, Froberval, o funcionário do porto militar que havia recebido o velho Beautrelet, o esperava com a filha Charlotte, uma menina de doze ou treze anos.

— Como vai? — exclamou Beautrelet.

Como o bom homem se lamentava pelo ocorrido, ele o interrompeu, propondo que fossem todos tomar um café, e começou, sem permitir qualquer perda de tempo:

— Meu pai não foi raptado, não é? Seria impossível.

— Impossível. No entanto, desapareceu.

— Desde quando?

— Não sabemos.

— Como assim?

— Às seis horas de ontem, vendo que ele não descia, fui ao seu quarto e ele não estava mais lá.

— E anteontem, estava?

— Sim. No dia anterior ele não saiu do quarto. Sentia-se um pouco cansado e Charlotte levou para ele o almoço ao meio-dia e o jantar às sete da noite.

— Foi então entre sete da noite de anteontem e seis da manhã de ontem que ele desapareceu?

— Foi nessa noite, mas…

— Mas?

— Bem… ninguém pode sair à noite do Arsenal.

— Isso quer dizer que ele não saiu.

— É impossível! Os companheiros e eu reviramos o porto.

— Então ele saiu.

— Não tem como, é muito vigiado.

Beautrelet pensou e depois perguntou:

— No quarto, a cama estava desfeita?

— Não.

— E tudo em ordem?

— Tudo, o cachimbo no mesmo lugar, o fumo, o livro que estava lendo. Havia dentro dele inclusive essa fotografia sua marcando a página.

— Deixe-me ver.

Froberval entregou-a. Beautrelet ficou surpreso. Numa foto não posada, ele estava de pé, com as duas mãos nos bolsos, num gramado onde se viam árvores e ruínas. Froberval acrescentou:

— Deve ser o último retrato que enviou para ele. Tem a data no verso… 3 de abril, o nome do fotógrafo, E. de Val, e o nome da cidade, Lion… Talvez Lion-sur-Mer?

É verdade, no verso do retrato lia-se isto, com sua letra: *E. de Val — 3-4 — Lion.*

Ele ficou em silêncio por alguns minutos e perguntou:

— Meu pai já havia lhe mostrado essa foto?

— Na verdade não... e fiquei surpreso... pois ele sempre falava de você.

Novo silêncio, mais demorado. Froberval então disse:

— Vou ter que voltar para a oficina... Seria melhor irmos...

Ele se calou. Isidore não tirava os olhos do retrato, examinando-o fixamente, e afinal perguntou:

— Existe, a no máximo uma légua da cidade, uma hospedaria Lion d'Or?

— Existe sim, a uma légua.

— Na estrada de Valognes, não é?

— Isso mesmo, na estrada de Valognes.

— Pois tudo me leva a crer que essa hospedaria foi o quartel-general dos amigos de Lupin. De lá é que eles entraram em contato com meu pai.

— Que ideia! Seu pai não falava com ninguém. Não viu ninguém.

— Não viu, mas houve um intermediário.

— Que prova você tem disso?

— Esse retrato.

— Mas é seu!

— Sou de fato eu, mas não o enviei. Sequer tinha conhecimento dele. Foi tirado sem que eu visse, nas ruínas de Ambrumésy, provavelmente pelo escrivão do juiz de instrução que, como sabe, era cúmplice de Arsène Lupin.

— E o que isso quer dizer?

— Que essa fotografia foi o passaporte, o truque usado para a aproximação.

— Mas quem pode ter entrado?

— Não sei, mas meu pai caiu na armadilha. Disseram a ele que eu me encontrava nas proximidades, queria vê-lo e o esperava na hospedaria Lion d'Or. Ele acreditou.

— Que loucura! Como pode afirmar?

— É simples. Imitaram minha letra atrás da foto, marcando o encontro: Estrada de Valognes, km 3,4, hospedaria Lion. Meu pai foi e o pegaram. Só isso.

— Pode ser — murmurou Froberval, ainda indeciso —, pode ser que tenha se passado assim… mas faltaria explicar como ele saiu em plena noite.

— Ele saiu durante o dia, disposto a esperar a noite para ir ao encontro.

— Mas, com os diabos, ele não saiu do quarto anteontem!

— Só há um meio de saber; corra ao porto e procure um dos guardas que estavam de serviço na tarde de anteontem… Mas volte rápido, se ainda quiser me encontrar aqui.

— Está indo embora?

— Vou pegar outro trem.

— Como assim? Ainda não sabe… e a investigação?

— Para mim está terminada. Sei mais ou menos tudo que queria saber. Em uma hora já terei ido embora.

Froberval tinha se levantado e olhava Beautrelet sem entender, sem saber muito o que fazer, e depois pegou seu boné.

— Vamos, Charlotte.

— Por favor — pediu Beautrelet —, deixe-a comigo, preciso de mais algumas informações e poderemos conversar um pouco, eu me lembro dela bem pequena.

Froberval se foi. O rapaz e a menina ficaram no bar. Alguns minutos se passaram; um garçom veio, retirou as xícaras e saiu.

De novo sozinhos, os olhos dos dois se encontraram e, com toda doçura, Beautrelet pôs sua mão sobre a da menina, que o olhou por dois ou três segundos sem graça, como se lhe faltasse ar e, de repente, escondendo o rosto com os braços dobrados, começou a chorar.

Ele esperou um pouco e finalmente disse:

— Foi você a intermediária, não foi? Foi você que levou a fotografia? E quando disse que meu pai estava no quarto, anteontem, sabia que ele não estava, já que o tinha ajudado a sair, não é?

Ela não respondia, e Beautrelet continuou:

— Por que fez isso? Ofereceram dinheiro, provavelmente... para comprar fitas... um vestido...

Ele descruzou os braços de Charlotte e fez com que ela erguesse o rosto. Viu suas pobres faces molhadas de lágrimas, a expressão graciosa e inquieta de quem ainda virá a fraquejar diante de todas as tentações.

— Pronto — ele continuou —, já passou, não vamos mais falar disso… Nem vou perguntar como tudo aconteceu. Mas talvez se lembre de algo que possa me ajudar, de alguma coisa que tenham dito. Como se deu o rapto?

Ela nem precisou pensar e respondeu:

— De automóvel… ouvi quando eles falaram disso.

— E que estrada tomaram?

— Ah! Isso eu não sei.

— Não disseram mais nada que possa ajudar?

— Nada… Mas um deles 'disse: "Não podemos perder tempo… é amanhã, às oito horas, que o chefe vai telefonar para lá".

— Para lá onde? Tente se lembrar… disseram o nome de uma cidade, não é?

— Disseram… um nome… começava com château…

— Châteaubriant? Château-Thierry?

— Não… não…

— Châteauroux?

— Isso… Châteauroux.

Beautrelet nem esperou que ela acabasse a última sílaba. Levantou-se e, sem se preocupar com Froberval ou com a menina, que o olhava espantada, abriu a porta e correu para a estação.

— Châteauroux… por favor… uma passagem para Châteauroux.

— Passando por Le Mans e Tours? — perguntou a bilheteira.

— Pode ser... o caminho mais curto... Chegarei para o almoço?

— De jeito nenhum...

— Para o jantar? Para dormir?

— Não. Teria que passar por Paris... O expresso de Paris é às oito horas... Já é tarde.

Não era tão tarde, e Beautrelet conseguiu pegá-lo.

— Bom, passei só uma hora em Cherbourg, mas foi bem produtiva — ele disse, esfregando as mãos.

Nem por um momento achou que Charlotte pudesse ter mentido. Pessoas fracas, desamparadas, capazes das piores traições, têm seus momentos de sinceridade, e Beautrelet vira, nos olhos assustados da menina, a vergonha pelo mal que havia causado e a alegria por poder, pelo menos em parte, repará-lo. Não tinha dúvida então de que Châteauroux fosse a cidade que Lupin mencionara e onde falaria com os cúmplices por telefone.

Assim que desembarcou em Paris, Beautrelet tomou as precauções necessárias para não ser seguido. Sentia estar num momento crítico. Era o caminho que o levaria a encontrar o pai, e qualquer imprudência poderia estragar tudo.

Foi à casa de um colega do liceu e de lá saiu, uma hora depois, irreconhecível. Parecia agora um inglês de mais ou menos trinta anos, vestindo um paletó xadrez marrom, culotes, meias de lã, boné de viagem, rosto maquiado e uma barba ruiva bem fina.

Montou numa bicicleta que carregava tudo de que um pintor paisagista precisa e tomou a direção da estação ferroviária de Austerlitz.

Dormiu à noite em Issoudun. Assim que amanheceu, montou na bicicleta. Às sete horas já estava numa cabine telefônica de Châteauroux e pediu uma ligação para a capital. Obrigado a esperar, puxou conversa com o funcionário e soube que dois dias antes, àquela mesma hora, um homem vestindo um guarda-pó de automobilista tinha também telefonado a Paris.

Era a prova. Não precisava esperar mais.

À tarde ele já sabia, tendo ouvido de testemunhas confiáveis, que uma limusine, seguindo pela estrada de Tours, havia atravessado a localidade de Buzançais e a cidade de Châteauroux, parando depois do perímetro urbano, à entrada da floresta. Por volta das dez horas, um cabriolé e seu cocheiro estacionaram junto do automóvel e depois seguiram na direção sul, pelo vale de Bouzanne, com uma pessoa ao lado do cocheiro. Já a limusine tomou o caminho oposto, dirigindo-se para o norte, na direção de Issoudun.

Isidore facilmente descobriu quem era o proprietário do cabriolé, que por sua vez não soube dizer grande coisa. Ele havia alugado o carro e o cavalo a um desconhecido que os devolvera no dia seguinte.

Na mesma noite, por outras fontes ele já sabia que o automóvel apenas atravessara Issoudun, continuando a caminho de Orléans e Paris.

Disso tudo resultava, sem sombra de dúvida, que o velho Beautrelet se encontrava nas proximidades. De outra forma, como explicar que aquelas pessoas percorressem quase quinhentos quilômetros pela França para telefonar em Châteauroux, tomando depois, em ângulo agudo, o caminho de Paris? Esse formidável périplo tinha uma finalidade precisa: transportar o sequestrado a determinado lugar já previsto. "E esse lugar está bem ao meu alcance. A dez ou quinze léguas daqui, meu pai espera que eu o salve. Ele está aqui, respira o mesmo ar que eu", pensava o filho, cheio de esperança.

No mesmo instante, pôs-se em ação. Pegando um mapa em escala detalhada, dividiu-o em áreas que ia visitando sucessivamente, entrando em pequenas propriedades, puxando conversa com os camponeses, procurando mestres-escolas locais, prefeitos, tagarelando com as mulheres. Acreditava que não demoraria a chegar ao que queria e, como um sonho que se engrandecia, ele já esperava libertar não só o pai, mas todos aqueles que Lupin mantinha em cativeiro: Raymonde de Saint-Véran, Ganimard, Herlock Sholmes e outros mais, quem sabe, muitos outros. Chegando aos prisioneiros, ele ao mesmo tempo estaria chegando ao próprio centro da fortaleza de Lupin, sua toca, o retiro impenetrável onde ele guardava os tesouros roubados ao longo do tempo.

Depois de quinze dias de buscas infrutíferas, seu entusiasmo declinou e ele perdeu a confiança. Com o sucesso demorando a chegar, da noite para o dia ele começou a achá-lo praticamente impossível. Continuava a seguir seu plano de investigação, mas seria surpreendente fazer qualquer descoberta a essa altura.

Outros dias passaram, monótonos e desencorajadores. Ele leu em jornais que o conde de Gesvres e a filha tinham deixado Ambrumésy, passando a morar nos arredores de Nice. Soube também da soltura de mr. Harlington, claramente inocente, conforme dissera Arsène Lupin.

Mudou seu quartel-general, estabelecendo-se por dois dias em La Châtre e dois outros em Argenton. Mesmo resultado.

Nesse momento, esteve perto de abandonar as buscas. Ficava claro que o cabriolé que transportara seu pai servira apenas de uma etapa para outra, onde o esperava um novo veículo. E seu pai, com isso, estaria longe. Pensou em ir embora.

Numa manhã de segunda-feira, porém, num envelope não selado de uma correspondência que lhe era devolvida de Paris, ele notou uma caligrafia que o deixou paralisado. A emoção foi tanta que por alguns minutos ele não ousou abri-lo, temendo uma decepção. Não seria mais uma armadilha do infernal inimigo? De uma só vez, abriu e era mesmo uma carta de seu pai, realmente escrita por seu pai. O estilo apresentava todas as particularidades, todos os vícios de escrita que ele tão bem conhecia. Ele leu:

Estas linhas chegarão até você, meu filho? Gostaria de acreditar.

Durante a noite inteira do sequestro, viajamos num automóvel e depois, já pela manhã, numa sege. Nada pude ver, tinha os olhos vendados. O castelo em que estou preso deve se situar, pela arquitetura e pela vegetação do parque, no centro da França. Meu quarto fica num segundo andar e tem duas janelas, uma delas quase fechada por glicínias. À tarde, se quiser, posso andar por algumas horas pelo parque, mas o tempo todo vigiado.

Confiando no acaso, escrevo esta carta, que amarro numa pedra. Quem sabe um dia posso jogá-la por cima do muro e algum camponês a encontre. Não se preocupe, estou sendo bem tratado.

Do seu velho pai que tanto o ama e sente muito pelas preocupações que deve estar causando.

Beautrelet

Imediatamente Isidore procurou os carimbos do correio. Eram de Cuzion/Indre. Indre! A região da França que ele revirava há semanas!

Consultou um pequeno guia de bolso que estava sempre na sua bagagem. Cuzion, no cantão de Eguzon… Ele também tinha passado por ali.

Por prudência, deixou de lado o personagem do inglês, que começava a ficar batido, disfarçou-se de operário e partiu direto para Cuzion, pequeno vilarejo onde não foi difícil descobrir quem expedira a carta.

A sorte, aliás, logo lhe sorriu.

— Uma carta jogada na caixa de correio na quarta-feira passada? — exclamou o prefeito, um bom burguês com quem ele se abriu e que se pôs à sua disposição. — Ouça, acho que posso lhe dar uma boa pista. Na manhã de sábado, na saída do vilarejo, passei por um conhecido amolador de facas que percorre todas as feiras da região, o velho Charel, que me perguntou: "Sr. prefeito, uma carta sem selo é encaminhada mesmo assim? — Com certeza. — E ela chega? — Chega, só que terá de ser paga pelo destinatário".

— E onde mora o velho Charel?

— Mora sozinho logo ali, na encosta… No casebre depois do cemitério. Quer que o acompanhe?

Era um casebre isolado, no meio de um pomar cercado por árvores maiores. Quando chegaram, três gralhas voaram da casinha em que um cão de guarda estava amarrado. Ele não havia latido nem se mexia.

Estranhando aquilo, Beautrelet continuou em frente. O cachorro estava deitado de lado, com as patas esticadas, morto.

Eles apressaram o passo. A porta estava aberta e os dois entraram. No fundo de um cômodo úmido e baixo, num colchão ordinário jogado direto no chão, um homem estava caído, todo vestido.

— O velho Charel! — exclamou o prefeito. — Será que também está morto?

As mãos do homem estavam frias, o rosto assustadoramente branco, o coração ainda batia, num ritmo fraco e lento, mas ele não parecia ter qualquer ferimento.

Tentaram reanimá-lo e, como não conseguiram, Beautrelet saiu para procurar ajuda. Voltou com um médico, que também nada conseguiu. O velho parecia não estar sofrendo. Aparentava apenas dormir, mas um sono artificial, como induzido por hipnose ou por algum narcótico.

No meio da noite seguinte, Isidore fazia companhia a Charel quando notou que sua respiração estava mais forte e o corpo inteiro parecia se livrar dos laços invisíveis que o paralisavam.

De madrugada, ele despertou e pareceu recobrar as funções normais, mas apenas no que dizia respeito a comer, beber e se movimentar. Não conseguiu, no entanto, responder a qualquer pergunta ao longo do dia inteiro. Parecia ter o cérebro ainda tomado por um inexplicável torpor.

No dia seguinte, o velho lhe perguntou:

— O que está fazendo aqui?

Era a primeira vez que estranhava a presença do desconhecido na sua casa.

Depois disso, foi pouco a pouco recuperando a lucidez. Conversou, contou sobre seus planos, mas quando Beautrelet perguntou sobre os fatos que haviam precedido a crise, ele pareceu não compreender.

E estava claro que realmente não compreendia. Não se lembrava de nada que houvesse acontecido desde a sexta-feira anterior. Era como se um vazio tivesse se aberto no correr normal da sua vida. Podia falar da manhã e da tarde de sexta-feira, do trabalho na feira, do que comeu na hospedaria. E depois, mais nada... Achava ter acordado na manhã seguinte daquele dia.

Foi terrível para Beautrelet. A verdade estava ali, naqueles olhos que tinham visto os muros atrás dos quais seu pai o esperava, naquelas mãos que haviam pegado a carta, naquele cérebro confuso que tinha gravado o lugar dessa cena, o cenário em que o drama se desenrolava. E nada era possível extrair daquelas mãos, daqueles olhos, daquele cérebro, nenhuma repercussão daquela verdade tão próxima.

Naquele obstáculo impalpável e formidável contra o qual ele se chocava, obstáculo feito de silêncio e esquecimento, como era clara a marca de Lupin! Tendo provavelmente sabido que o velho Beautrelet havia tentado se comunicar, só mesmo ele era capaz de provocar uma espécie de morte parcial da única pessoa que poderia incomodá-lo com seu testemunho. Isidore não se imaginava descoberto, achando que Lupin, uma vez sabendo das suas últimas movimentações e do recebimento da carta, se defenderia dele em particular. Aquilo apenas mostrava sua previdência e real inteligência, suprimindo uma possível acusação da testemunha. Agora ninguém mais sabia que, entre os muros de um parque, um prisioneiro pedia socorro.

Ninguém? Isidore sabia. O velho Charel talvez não pudesse falar, mas era possível saber a qual feira ele tinha ido e qual caminho mais óbvio ele teria percorrido, ao voltar de lá. Ao longo desse caminho talvez fosse possível encontrar...

Depois do período no casebre do velho Charel, tomando as maiores precauções para não despertar suspeitas, ele resolveu não voltar mais. Informando-se, soube que sexta-feira era o dia da feira de Fresselines, vilarejo situado a algumas léguas, com acesso pela estrada principal, bastante sinuosa, ou por atalhos.

Na sexta-feira seguinte, então, ele escolheu a estrada principal para ir a Fresselines, sem notar nada que chamasse atenção, nenhum muro mais alto, traço algum de qualquer castelo antigo. Almoçou numa estalagem e já se dispunha a ir embora quando viu o velho Charel, que atravessava a praça empurrando seu carrinho de amolador. Pôs-se a segui-lo de longe.

O velho parou duas vezes por períodos intermináveis e afiou dúzias de facas. Depois tomou um caminho diferente, na direção de Crozant e da localidade de Eguzon.

Beautrelet o seguia, mas em menos de cinco minutos de caminhada teve a impressão de não ser o único. Um indivíduo andava entre os dois, parando e retomando a marcha ao mesmo tempo que Charel, sem sequer tomar cuidado para não ser visto.

"Estão querendo ver se ele vai parar junto ao muro", pensou Beautrelet com o coração disparando. Algo importante ia acontecer.

Os três, um atrás do outro, subiam e desciam os fortes aclives e declives do terreno, mas afinal chegaram a Crozant, onde Charel parou por uma hora. Depois ele desceu até o rio e atravessou a ponte. Mas algo surpreendente aconteceu: o outro espião não fez o mesmo. Ficou olhando o velho se afastar e, perdendo-o de vista, tomou uma trilha que levava a um campo aberto. O que fazer? Beautrelet ficou na dúvida por alguns segundos e, num estalo, preferiu seguir o desconhecido, pensando: "O velho Charel deve ter passado direto e o sujeito não tem mais por que segui-lo. Estará indo para o castelo?".

Estava perto de chegar ao que procurava, podia sentir isso por uma espécie de alegria dolorosa que o invadia.

O homem entrou num bosque sombrio junto ao rio, então surgiu de novo em plena claridade, no horizonte da trilha. Quando Beautrelet, por sua vez, saiu do bosque, se surpreendeu por não vê-lo mais. Pôs-se a procurar em volta, até ser obrigado a sufocar um grito. Deu um passo atrás e voltou à linha das árvores, de onde acabava de sair. À sua direita, havia uma barreira de altos muros, reforçados a intervalos regulares por sólidos contrafortes.

"É ali! É ali! São os muros que aprisionam meu pai!" Ele acabava de encontrar o lugar secreto em que Lupin mantinha suas vítimas!

Teve medo de se afastar do abrigo da folhagem densa do bosque. Lentamente, quase se arrastando no chão, ele avançou para a direita e chegou ao alto de uma elevação que alcançava as árvores em volta. Os muros eram ainda mais altos. No entanto, via-se o telhado do castelo, um antigo telhado Luís XIII, com torrezinhas finas dispostas ao redor de uma flecha mais aguda e mais alta.

Estava de bom tamanho para aquele dia. Era preciso pensar e preparar um plano de ataque que nada deixasse ao acaso.

"Cabe a mim agora, mestre Lupin, escolher a hora e o modo de combate." Afastou-se dali.

Perto da ponte, passou por duas camponesas que carregavam galões cheios de leite e perguntou:

— Como se chama aquele castelo, ali atrás das árvores?

— O castelo? É o castelo da Agulha.

Havia feito a pergunta sem maiores pretensões e a resposta causou um impacto enorme.

— Castelo da Agulha… Sei, e onde estamos? Ainda no Indre?

— Não, o Indre é pra lá do rio… Aqui é o Creuse.*

---

* Assim como Indre, Creuse é um departamento do território francês. O nome vem do rio que atravessa a região e que, traduzido literalmente, significa "oca", mas também "escavada", já que se refere a um rio (no feminino em francês, *rivière*). (N. T.)

Isidore ficou boquiaberto. Castelo da Agulha, na região do Creuse! L'Aiguille, Creuse: a Agulha Oca! A chave para a leitura do documento! Vitória segura, definitiva, total...

Sem dizer mais nada, ele se despediu das mulheres e saiu andando como se estivesse bêbado.

6. Um segredo histórico

A decisão de Beautrelet foi imediata: agiria sozinho. Avisar a justiça seria perigoso demais. Além de ter apenas suposições a apresentar, ele temia que a lentidão da lei, com as inevitáveis indiscrições de uma investigação prévia, fizesse com que Lupin, prevenido, com toda calma preparasse sua retirada.

Na manhã do dia seguinte, às oito horas, com sua trouxa debaixo do braço, ele deixou a estalagem em que se hospedava nos arredores de Cuzion. No primeiro matagal que encontrou se desfez dos trajes de operário, voltando a ser o jovem pintor inglês de antes. Foi como se apresentou ao tabelião de Eguzon, o maior vilarejo das redondezas.

Disse ter gostado da região e, se encontrasse uma casa interessante, viria morar ali, trazendo com ele os pais. O homem falou de várias propriedades e Beautrelet disse que ouvira falar do castelo da Agulha, ao norte do rio Creuse.

— É efetivamente muito bonito, há cinco anos pertence a um cliente meu, mas não está à venda.

— E ele mora lá?

— Morava, ou melhor, a mãe dele, que acabou achando o castelo triste. Eles então o deixaram, no ano passado.

— E não há ninguém morando hoje?

— Atualmente um italiano, o barão Anfredi, que o alugou para passar o verão.

— Ah! O barão Anfredi; ainda jovem, mas um tanto pedante...

— Não sei dizer... Ele tratou com meu cliente sem passar por mim. Não fizeram um contrato... apenas uma carta.

— Mas conhece o barão?

— Não, ele nunca sai do castelo... Num automóvel, às vezes, e apenas à noite, pelo que dizem. As compras são feitas por uma cozinheira já velha, que não fala com ninguém. São pessoas um tanto peculiares...

— Seu cliente aceitaria vender o castelo?

— Não creio. Trata-se de um monumento histórico, no mais puro estilo Luís XIII. Meu cliente ainda gosta muito da propriedade e, se não tiver mudado de opinião...

— Pode me dar o nome dele?

— Louis Valméras, rua du Mont-Thabor, 34, em Paris.

Na estação mais próxima, Beautrelet pegou um trem, mas só dois dias depois, após três visitas infrutíferas, é que encontrou Louis Valméras. Era um homem de aproximadamente trinta anos, com aspecto franco e simpático. Julgando desnecessário ir por caminhos tortuosos, Beautrelet se identificou, contou seus esforços, o que pretendia e concluiu:

— Tenho motivos para acreditar que meu pai está preso no castelo da Agulha, assim como, provavelmente, outras vítimas. Vim perguntar o que pode me dizer sobre seu inquilino, o barão Anfredi.

— Não muito. Conheci o barão no último inverno, em Monte Carlo. Como soube que eu era dono de um castelo, e querendo passar o verão na França, propôs alugá-lo.

— Ele é ainda jovem...

— Sim. Um olhar enérgico, cabelos louros.

— Barba?

— Isso mesmo. Terminada em duas pontas que vão até o colarinho postiço que se fecha atrás, como o de um padre. Aliás, ele parece um pastor anglicano.

— É o próprio, tal como o vi, sua descrição exata.

— Acha mesmo?

— Não acho, tenho certeza de que Arsène Lupin é seu inquilino.

Louis Valméras esfregou as mãos. Conhecia todas as aventuras de Lupin e as peripécias da luta contra Beautrelet. Gostou da novidade.

— Isso vai tornar famoso o castelo da Agulha... Não é de todo mau. Na verdade, desde que minha mãe desistiu de morar lá, vinha pensando em vendê-lo assim que surgisse uma oportunidade. Com tudo isso, vou encontrar mais facilmente um comprador. Mas...

— Mas?

— Peço que aja com extrema prudência e só avise a polícia se tiver plena certeza. Imagine se não for Lupin...

Beautrelet contou seu plano. Iria sozinho, à noite, passaria pelos muros e se esconderia no parque...

Louis Valméras o interrompeu:

— Não é nada fácil passar por muros tão altos. E, se conseguir, será recebido por dois enormes cães de guarda que são da minha mãe e que deixei no castelo.

— Ora! Uma bolota de carne com veneno resolve...

— Obrigado! Suponhamos então que escape deles. E depois? Como vai entrar no castelo? As portas são de madeira maciça, as janelas têm grades. E, mesmo que entre, quem vai guiá-lo? São oitenta quartos.

— E esse com duas janelas, no segundo andar?

— Sei qual é. Chamamos de Quarto das Glicínias. Como vai encontrá-lo? São três escadas e um labirinto de corredores. Por mais que eu lhe explique o caminho, vai se perder.

— Então venha comigo — brincou Beautrelet.

— Não posso, prometi à minha mãe ir vê-la no Sul.

Isidore voltou para a casa do amigo que o hospedava e começou seus preparativos. No final do dia, e achando que já poderia partir, recebeu a visita de Valméras.

— Ainda quer minha companhia?

— Se quero!

— Pois então conte comigo. Acabei gostando da ideia. Acho que vai ser divertido participar disso... E minha ajuda não será inútil. Trago já uma primeira contribuição — ele disse, mostrando uma chave grande e enferrujada, com aspecto venerável.

— E essa chave abre...?

— Uma pequena passagem camuflada entre dois contrafortes, abandonada há séculos, que inclusive achei melhor não mencionar ao inquilino. Ela dá para o campo externo, bem à beira do bosque...

Beautrelet o interrompeu.

— Eles conhecem essa passagem. Com certeza foi por onde o sujeito que segui entrou no parque. Vamos lá, é uma bela partida e nós venceremos. Mas será preciso jogar duro!

Dois dias depois, atrelada a um cavalo famélico, chegou a Crozant uma carroça de ciganos. Seu cocheiro conseguiu autorização para consertá-la num galpão abandonado, à saída do vilarejo. Além do cocheiro, que outro não era senão Valméras, havia três jovens que trançavam cadeiras de vime: Beautrelet e dois colegas do liceu Janson.

Ficaram ali três dias, esperando uma noite propícia e rondando os arredores do parque em turnos separados. Numa dessas incursões, Isidore localizou a tal passagem. Aberta entre dois contrafortes, ela praticamente desaparecia atrás de um matagal espinhoso e entre as saliências e reentrâncias das pedras do muro. Na quarta noite, enfim, o céu se cobriu com pesadas nuvens e Valméras achou que podiam ir reconhecer o local, mas retornando se as circunstâncias não fossem favoráveis.

Atravessaram, os quatro, o pequeno bosque. Em seguida, Beautrelet se arrastou pelo mato, arranhou as mãos nos espinhos e, erguendo-se de leve, com todo cuidado, enfiou a chave na fechadura. Girou-a devagarzinho. Será que a porta não estava emperrada? Não teria uma trava do outro lado? Empurrou e a porta se abriu suavemente, sem nem mesmo um rangido. Ele estava no parque.

— Tudo bem aí, Beautrelet? — perguntou Valméras. — Espere que estou indo. Vocês dois, vigiem a entrada para garantir nossa fuga. Ao menor sinal de perigo, um assobio.

Ele pegou a mão de Beautrelet e os dois sumiram na sombra espessa da vegetação. Uma área mais clara surgiu quando chegaram à beira do gramado central, e um raio de lua atravessou as nuvens. Viram então o castelo com suas torrezinhas pontudas, em volta da flecha da qual, provavelmente, vinha seu nome. Luz nenhuma nas janelas. Valméras puxou o braço do companheiro.

— Não faça barulho.

— O que foi?

— Os cães, ali… não está vendo?

Ouviu-se um rosnar. Valméras assobiou bem baixinho. Dois vultos brancos deram um salto e com quatro passadas se puseram aos pés do seu dono.

— Calma, meninos... deitados... muito bem... não se mexam mais...

Ele disse a Beautrelet:

— Podemos ir, estou mais tranquilo.

— Tem certeza do caminho?

— Tenho. Estamos perto do terraço.

— E agora?

— Que eu me lembre, ali à esquerda há um ponto em que o terraço, que dá para o rio, chega à altura das janelas do térreo. Uma delas não fecha direito, podendo ser aberta pelo lado de fora.

De fato, chegando lá, com alguma pressão as venezianas cederam. Usando uma ponta de diamante, Valméras cortou um vidro e girou o trinco. Pularam a sacada e estavam dentro do castelo.

— Essa sala em que estamos — disse Valméras — fica no fim do corredor. Depois vem um imenso saguão com estátuas e, do outro lado, uma escada que leva ao quarto do seu pai.

Ele deu um passo à frente.

— Vamos, Beautrelet.

— Estou indo, estou indo.

— Não está, você parou... O que houve?

Pegou-o pela mão. Estava gelada, e ele notou que o rapaz tinha se agachado no chão.

— O que houve? — ele perguntou de novo.

— Nada… vai passar.

— Mas afinal?…

— Estou com medo…

— Com medo?

— É — confessou simplesmente Beautrelet —, são só os nervos que falham… em geral consigo controlar… mas esse silêncio… a emoção… desde a facada daquele escrivão… Mas vai passar… pronto, está passando…

E ele efetivamente conseguiu se levantar. Valméras puxou-o para fora da sala em que estavam. Seguiram às cegas por um corredor, e com tanto cuidado que nenhum dos dois ouvia o outro. Uma luzinha, no entanto, parecia iluminar o saguão para onde se dirigiam. Valméras olhou. Era uma lamparina perto da escada, num aparador parte encoberto pelos ramos finos de uma palmeira.

— Pare! — disse baixinho Valméras.

Junto da lamparina havia um homem de pé, com uma espingarda. Será que os vira? Talvez. Ou, no mínimo, algo havia chamado sua atenção, pois ele se punha em guarda.

Beautrelet estava agachado atrás de um vaso grande com um arbusto e não se mexeu mais, apesar de o coração bater loucamente no seu peito. O silêncio e a imobilidade das coisas, no entanto, tranquilizaram o homem em sentinela, que abaixou a arma. Mas continuava voltado para o vaso com o arbusto.

Minutos terríveis se passaram, dez ou quinze. Um raio de lua havia entrado por uma janela da escada. De repente, Beautrelet se deu conta de que, passados mais outros dez ou quinze minutos, aquela claridade chegaria ao seu esconderijo, deixando-o bem à vista. Gotas de suor caíram do seu rosto, pingando nas mãos trêmulas.

A aflição era tanta que sua vontade era de se levantar e fugir. Mas lembrou-se de que Valméras também estava ali e procurou-o. Ficou boquiaberto ao ver, ou melhor, deduzir que ele engatinhava no escuro, encoberto pelos arbustos e pelas estátuas. Já estava quase na parte inferior da escada, a poucos passos do homem. O que estava querendo fazer? Passar de qualquer jeito? Subir sozinho para libertar o prisioneiro? Seria possível? Beautrelet não o via mais e tinha a impressão de que alguma coisa ia acontecer, uma coisa que o silêncio, mais pesado, mais terrível, também parecia pressentir.

De repente, uma sombra saltou sobre o vigia, a lamparina se apagou, ouviu-se um barulho de luta... Beautrelet correu até lá. Os dois corpos rolavam pela laje do piso. Ele tentou distinguir qual era qual, mas então ouviu um gemido rouco, um suspiro e logo depois um dos adversários se levantou e pegou-o pelo braço.

— Rápido... Vamos.

Era Valméras.

Subiram dois andares e chegaram a um corredor atapetado.

— Vire à direita — cochichou Valméras —, é a quarta porta do lado esquerdo.

Logo chegaram a ela. Como era de se prever, estava trancada à chave. Precisaram de meia hora, meia hora de esforços silenciosos, de tentativas abafadas para forçar a fechadura. Finalmente entraram. Tateando, Beautrelet chegou à cama. Seu pai dormia e ele o acordou com delicadeza.

— Sou eu, Isidore… com um amigo… Não se assuste… venha conosco, sem fazer barulho…

O pai se vestiu, mas, na hora de sair, disse baixinho:

— Tem mais alguém no castelo…

— É? Quem? Ganimard? Sholmes?

— Não… ou pelo menos não os vi.

— Quem, então?

— Uma jovem.

— A srta. de Saint-Véran?

— Não sei… só vi de longe, várias vezes, no parque… Além disso, quando me debruço na janela, vejo a dela… Fez sinais para mim.

— Sabe qual é o quarto?

— Sei. Nesse corredor mesmo, o terceiro à direita.

— O quarto azul — murmurou Valméras. — Uma porta com dois batentes… será menos difícil abrir.

Muito rápido, de fato, um dos batentes cedeu. O velho Beautrelet foi encarregado de chamar a moça.

Dez minutos depois, ele saiu com a jovem e disse ao filho:

— Tinha razão... é a srta. de Saint-Véran.

Desceram os quatro. No térreo, Valméras parou e se abaixou junto ao homem caído no chão. Depois levou todos para a sala por onde tinham entrado, e só então disse:

— Ele não estava morto, vai sobreviver.

— Que bom! — respirou Beautrelet, aliviado.

— Por sorte, a lâmina da minha faca dobrou... o golpe não foi mortal. De qualquer forma, patifes assim não merecem compaixão.

Lá fora, foram recebidos pelos cães, que os acompanharam até a saída, onde encontraram os dois amigos de Beautrelet e então deixaram o parque. Eram três horas da manhã.

Essa primeira vitória não bastou para Beautrelet. Tão logo deixou o pai e a jovem em local seguro, interrogou-os sobre os que moravam no castelo e, acima de tudo, sobre os hábitos de Arsène Lupin. Soube então que ele só vinha a cada três ou quatro dias, chegando de automóvel no fim da tarde e indo embora logo na manhã seguinte. Sempre, nessas ocasiões, ia ver os dois prisioneiros, que concordavam ao descrevê-lo muito atencioso e educado. Naquele momento, ele não devia estar no castelo.

Além de Lupin, eles não haviam visto mais ninguém, a não ser uma velha que cuidava da cozinha e da arrumação, além de dois homens que se revezavam a vigiá-los e nunca lhes dirigiam a palavra. Com toda certeza, dois subalternos, a julgar por suas maneiras e fisionomias.

— Dois cúmplices, de qualquer forma — concluiu Beautrelet. — Ou melhor, três, se contarmos a velha. Uma caça que não deve ser desprezada. E se formos rápidos...

Pulou na bicicleta, foi até Eguzon. Acordou a polícia, pôs todo mundo em polvorosa e fez com que um cabo e seis policiais montassem nos seus cavalos. Às oito horas, estavam todos em Crozant.

Dois policiais ficaram de guarda na carroça e dois outros junto à porta de serviço do parque. Os quatro últimos, comandados pelo cabo, acompanharam Beautrelet e Valméras à entrada principal do castelo. Tarde demais. O portão estava escancarado. Um camponês disse ter visto, uma hora antes, sair um automóvel.

O inquérito afinal não resultou em nada. Tudo indicava que a quadrilha usava o local como base provisória. Foram encontrados apenas utensílios de cozinha, roupas sem importância e nada mais.

O que mais impressionou Beautrelet e Valméras foi o desaparecimento do ferido. Não encontraram o menor sinal de luta e sequer uma gota de sangue no lajeado do saguão.

No final das contas, nenhum testemunho material provava a estada de Lupin no castelo da Agulha e seria possível refutar as afirmações dos dois Beautrelet, de Valméras e da srta. de

Saint-Véran se não fossem descobertos, num quarto contíguo ao da moça, meia dúzia de admiráveis buquês nos quais estava alfinetado o cartão de Arsène Lupin. Buquês que tinham sido rejeitados, estavam murchos, esquecidos... Um deles, além do cartão, trazia uma carta que Raymonde sequer havia visto. À tarde, quando o envelope foi aberto pelo juiz de instrução do processo, encontraram dentro dele dez páginas de súplicas desesperadas, promessas e ameaças, toda a loucura de um amor que só recebeu desprezo e repulsa em retribuição. A carta terminava da seguinte maneira: *Virei na terça-feira, no final do dia, Raymonde. Até lá, pense bem. No que me concerne, estou disposto a tudo.*

A noite de terça foi exatamente aquela em que a srta. de Saint-Véran recuperou a liberdade.

TODOS SE LEMBRAM DA FORMIDÁVEL EXPLOSÃO de surpresa e entusiasmo que repercutiu no mundo inteiro com a notícia deste desfecho imprevisto: a srta. de Saint-Véran livre! A jovem pretendida por Lupin, e pela qual ele havia urdido tão maquiavélicas combinações, arrancada das suas garras! Libertado também o pai de Beautrelet, aquele que Lupin, na sua ânsia por um armistício necessário às exigências da sua paixão, havia tomado como refém. Libertados os dois prisioneiros!

E o segredo da Agulha, considerado impenetrável, agora era conhecido, publicado, lançado aos quatro cantos do universo!

O público realmente festejou. Cantigas foram compostas sobre o aventureiro derrotado. "Os amores de Lupin", "O pranto de Arsène", "O ladrão apaixonado", "Queixumes de um larápio" eram entoadas nos bulevares, assobiadas nos locais de trabalho.

Perseguida por repórteres, pressionada por mil perguntas, Raymonde respondia com extrema reserva. Mas a carta estava ali, os buquês de flores e toda a lamentável aventura! Lupin achincalhado, ridicularizado, derrubado do pedestal. E Beautrelet tornado ídolo. Ele havia tudo previsto, tudo profetizado, tudo elucidado. O depoimento da srta. de Saint-Véran ao juiz de instrução confirmou a hipótese imaginada pelo rapaz a respeito do seu sequestro. Em tudo a realidade copiava o que ele havia anteriormente decretado. Lupin tinha agora um mestre.

Beautrelet fez questão de que seu pai, antes de voltar às montanhas da Savoia, tirasse uns meses de descanso ao sol e o levou pessoalmente, assim como a srta. de Saint-Véran, aos arredores de Nice, onde o conde de Gesvres e a filha Suzanne tinham se estabelecido para passar o inverno. Dois dias depois, Valméras levou sua mãe para onde estavam os novos amigos, compondo assim uma pequena colônia, organizada em torno da residência dos Gesvres e sob a vigilância de meia dúzia de homens contratados pelo conde.

No início de outubro, o aluno de retórica Beautrelet voltou para Paris, a fim de retomar as aulas e se preparar para o exame. Voltou à sua rotina, agora calma e sem incidentes. E o que podia acontecer? A guerra não estava terminada?

Lupin, por sua vez, devia ter a clara sensação de poder apenas aceitar os fatos, pois suas duas outras vítimas, Ganimard e Herlock Sholmes, um belo dia reapareceram. O retorno deles ao cotidiano do nosso mundo, aliás, ocorreu sem o menor glamour. Um catador de lixo foi quem os encontrou, no Quai des Orfèvres, bem à frente da Chefatura de Polícia, ambos sedados e amarrados.

Depois de uma semana de completo desvario, os dois conseguiram recuperar o bom senso e contaram — quer dizer, Ganimard contou, pois Sholmes se fechou num mutismo absoluto — que haviam feito, a bordo do veleiro *Andorinha*, uma viagem em torno da África, viagem agradável e instrutiva, em que se podiam considerar livres, exceto por certas horas passadas no fundo do porão, quando a tripulação desembarcava em portos exóticos. Quanto à aterrissagem no Quai des Orfèvres eles nada sabiam, pois provavelmente dormiam já havia vários dias.

Aquela libertação era o reconhecimento da derrota. Desistindo de lutar, Lupin a proclamava incondicionalmente.

Um acontecimento inclusive a confirmou com mais clareza: o noivado de Louis Valméras e da srta. de Saint-Véran. Na intimidade criada entre eles pelas condições da vida que levavam naquele momento, os dois jovens se aproximaram. Valméras apreciava o charme melancólico de Raymonde que, ferida pela vida, carente de proteção, se sentiu atraída pela força e energia de quem havia tão corajosamente contribuído para sua salvação.

Houve muita expectativa até o dia do casamento. Lupin não tentaria retomar a ofensiva? Aceitaria tão facilmente perder a amada? Duas ou três vezes foram vistos, rondando por perto da residência, indivíduos de aparência suspeita e, certa noite, Valméras precisou se defender de um suposto bêbado que atirou nele, chegando a furar seu chapéu com uma bala. De um jeito ou de outro, a cerimônia aconteceu no dia e na hora marcados, com Raymonde de Saint-Véran se tornando a sra. Louis Valméras.

Era como se o próprio destino tomasse o partido de Beautrelet, dando o aval para a sua vitória. O público tinha tanto essa sensação que surgiu, entre os admiradores do rapaz, a ideia de um banquete para celebrar seu triunfo e a derrocada de Lupin. Era uma ideia maravilhosa, que logo suscitou grande entusiasmo. Em quinze dias, trezentas adesões foram confirmadas. Distribuíram-se convites a diferentes liceus de Paris, à razão de dois alunos por turma de retórica. A imprensa aplaudia e o banquete foi o que não podia deixar de ser, uma apoteose.

Uma apoteose, diga-se, encantadora e simples, pois Beautrelet era o homenageado. Sua presença bastava para repor as coisas no seu devido lugar. Ele se manteve modesto como sempre, um tanto surpreso com as aclamações excessivas, sem graça com os elogios hiperbólicos em que se afirmava sua superioridade sobre os mais ilustres policiais. Tímido, mas também emocionado. Ele agradeceu com poucas palavras, que agradaram a todos, constrangido como a criança que ruboriza quando olham muito para ela. Falou da sua alegria, do seu orgulho. E realmente, por mais razoável que fosse, por maior autodomínio que tivesse, ele desfrutou ali de momentos inesquecíveis. Sorriu aos seus amigos, aos seus colegas do Janson, a Valméras, que tinha vindo especialmente para aplaudi-lo, ao sr. de Gesvres, ao seu pai.

Ele terminava de falar, ainda com o copo na mão, quando ouviu alguém gritar alto no fundo da sala, alguém que gesticulava e mostrava um jornal. Restabeleceu-se o silêncio, o importuno voltou a se sentar, mas uma onda de curiosidade se espalhou a partir da sua mesa. O jornal circulava de mão em mão, despertando novas exclamações.

— Leiam em voz alta, leiam! — gritavam do outro lado da sala.

Na mesa principal, Beautrelet pai se levantou, foi buscar o jornal e entregou-o ao filho.

— Leia! Leia! — gritou um número maior de pessoas, enquanto outras pediam calma:

— Deixem Beautrelet ler e ouçam…

De pé, diante da expectativa geral, o homenageado procurava no vespertino que o pai lhe trouxera o artigo causador de tanta balbúrdia. De repente, viu um título sublinhado a lápis azul, ergueu a mão pedindo silêncio e leu, com uma voz que foi perdendo firmeza à medida que as surpreendentes revelações iam aniquilando todos os seus esforços, revirando suas ideias sobre a Agulha Oca e mostrando a inutilidade da sua luta contra Arsène Lupin:

Carta aberta do sr. Massiban, da Academia de Inscrições e Belas-Letras

Sr. diretor,
Em 17 de março de 1679 — foi o que escrevi, 1679, sob o reinado de Luís XIV —, um pequeno livro foi publicado em Paris com o título:

O MISTÉRIO DA AGULHA OCA

TODA A VERDADE CONTADA PELA PRIMEIRA VEZ. CEM EXEMPLARES IMPRESSOS POR MIM, PARA A INFORMAÇÃO DA CORTE

Às nove horas da manhã daquele dia 17 de março, o autor, um jovem bem vestido, de quem não se sabe o nome, começou a entregar esse livro aos principais personagens da corte. Às dez horas, tendo já feito quatro dessas entregas, ele foi detido por um capitão da guarda, que o levou ao gabinete do rei e imediatamente se retirou, indo em busca dos quatro exemplares distribuídos. Reunidos, contados, folheados com atenção e verificados os cem exemplares, o rei jogou-os pessoalmente no fogo, exceto um, que ele guardou para si. Em seguida, mandou que o capitão da guarda levasse o autor do livro ao sr. de Saint-Mars, que o encarcerou primeiro em Pignerol e depois na fortaleza da ilha Sainte-Marguerite. O homem em questão outro não era senão o famoso Homem da Máscara de Ferro.

A verdade nunca seria revelada — ou pelo menos uma parte da verdade — se o capitão da guarda, que estivera presente no encontro, aproveitando um momento em que o rei não olhava, não tivesse salvado do fogo outro exemplar. Seis meses depois, esse capitão foi encontrado morto, na estrada de Gaillon a Mantes. Seus assassinos o haviam despojado de tudo, mas esqueceram no seu bolso direito uma joia que foi descoberta mais tarde, um diamante de grande pureza e considerável valor.

Entre seus papéis pessoais, foi encontrado um manuscrito que, sem mencionar o livro tirado das chamas, fazia um resumo dos seus primeiros capítulos. Tratava-se de um segredo dos reis da Inglaterra, perdido no momento em que a coroa do pobre louco Henrique VI passou para a cabeça do duque de York. Esse segredo foi revelado por Joana d'Arc ao rei francês Carlos VII e tornou-se segredo de Estado. Como tal, passou através dos anos de soberano em soberano, por meio de uma carta seguidamente relacrada, encontrada à morte de cada rei: "Para o rei da França". O segredo dizia respeito à existência e à localização de um formidável tesouro, que de século em século crescia.

Cento e catorze anos depois, Luís XVI, já preso na torre do Templo, perguntou em particular a um dos oficiais encarregados de vigiar a família real:

— O senhor não teve, sob o reinado do meu avô, o Grande Rei, um antepassado que servia como capitão da guarda?

— Sim, Majestade.

— Pois bem, seria o senhor homem para... para...

Ele hesitou e o oficial concluiu a frase:

— Para não traí-lo? Com certeza, Majestade...

— Então ouça.

O rei tirou do bolso um livrinho e arrancou dele uma das últimas páginas, mas voltou atrás:

— Não, é melhor que eu copie...

Ele pegou uma folha grande de papel e rasgou-a de maneira a guardar apenas um pequeno retângulo, no qual transcreveu cinco linhas de pontos, de linhas e de algarismos copiados da página impressa, que ele em seguida queimou. Dobrou em quatro a folha manuscrita, lacrou-a com cera vermelha e entregou-a ao oficial.

— Depois da minha morte, entregue isto à rainha e diga a ela: "Da parte do rei. Para Vossa Majestade e para vosso filho". Se ela não compreender...

— Se ela não compreender?

— Acrescente: Trata-se do segredo da Agulha. A rainha compreenderá.

Dito isso, ele jogou o livro nas brasas que ardiam na lareira.

No dia 21 de janeiro, ele foi levado ao patíbulo.

Com a transferência da rainha para a prisão da Conciergerie, só dois meses depois o oficial pôde cumprir a missão de que fora encarregado. Graças a alguns artifícios, ele conseguiu afinal chegar à presença de Maria Antonieta e disse, de maneira que só ela pudesse ouvir:

— Da parte do falecido rei, para Vossa Majestade e vosso filho.

E entregou o documento lacrado.

Certificando-se de não estar sendo observada pelos guardas, ela rompeu o lacre e pareceu surpresa ao ver aquelas linhas indecifráveis, mas de repente compreendeu. Sorriu com uma ponta de amargura e o oficial percebeu-a murmurar:

— Por que tão tarde?

A rainha hesitava. Onde guardar aquele documento perigoso? Afinal abriu seu livro de orações e, numa espécie de bolso secreto que havia entre o couro da encadernação e o pergaminho que o recobria, inseriu a folha de papel.

— Por que tão tarde? — ela lamentou.

Talvez, com efeito, chegasse tarde demais aquele documento que poderia tê-la salvado, pois no mês de outubro seguinte a rainha Maria Antonieta subia, por sua vez, ao cadafalso.

Um dia, revendo a papelada da sua família, aquele oficial encontrou a nota manuscrita por seu bisavô, o capitão da guarda de Luís xiv. A partir de então, ele só pensou em dedicar seus momentos livres à elucidação do estranho problema. Leu uma quantidade de autores latinos, de crônicas da França e dos países vizinhos, foi a monastérios, decifrou livros contábeis e cartoriais, acordos assinados, e afinal juntou algumas citações esparsas e perdidas ao longo do tempo.

No Livro iii dos Comentários de César sobre a guerra da Gália, diz-se que, depois da derrota de Viridovix diante de Titulius Sabinus, o chefe calete foi levado ao general romano e, para seu resgate, revelou o segredo da Agulha...

O tratado de Saint-Clair-sur-Epte, entre Carlos, o Simples, e Roll, chefe dos bárbaros do Norte, lista todos os títulos de Roll, dentre os quais o de Senhor do Segredo da Agulha...

A crônica saxônica (edição Gibson, página 134), referindo-se a Guilherme, o Vigoroso (Guilherme, o Conquistador), conta que a haste do seu estandarte terminava com uma ponta aguda e furada como uma agulha...

Numa frase bastante ambígua do seu interrogatório, Joana d'Arc diz ter ainda um segredo a transmitir ao rei da França, e o juiz responde: "Sabemos a que se refere, Joana, e é por isso que morrerá".

Uma das conhecidas exclamações do bom rei Henrique iv era: "Pela virtude da Agulha!".

Antes dele, Francisco i, discursando para personagens importantes do Havre, em 1520, disse esta frase, que chegou a nós pelo diário de um burguês de Honfleur: "Os reis da França são detentores de segredos que ditam a condução das coisas e o destino das cidades".

Todas essas citações, sr. diretor, todas essas narrativas referentes ao Máscara de Ferro, ao capitão da guarda e ao seu bisneto, eu descobri hoje, numa brochura escrita justamente por esse bisneto e publicada em junho de 1815, na véspera ou no dia seguinte de Waterloo, isto é, num período de reviravoltas, que fez passarem despercebidas tais revelações.

Qual o valor dessa brochura? Nenhum, pode-se dizer, e não devemos dar a ela qualquer crédito. Foi também minha primeira impressão. Mas qual não foi minha surpresa ao conferir, em Comentários à guerra da Gália, na página indicada, a frase citada! Constatei o mesmo no tratado de Saint-Clair-sur-Epte, na erônica saxônica, no interrogatório de Joana d'Arc e em tudo que pude verificar até o momento.

Mas há algo ainda mais preciso na brochura de 1815. Durante a campanha da França, o autor servia como oficial no exército de Napoleão e perdeu seu cavalo por exaustão. Acabou batendo, já de noite, à porta de um castelo, e foi recebido por um antigo cavaleiro da Ordem de São Luís. Pouco a pouco ele soube, conversando com o anfitrião, já idoso, que o castelo, à margem do rio Creuse, se chamava castelo da Agulha e havia sido construído e batizado por Luís XIV que, sob ordem expressa sua, ganhou torrezinhas e uma flecha, representando a agulha. Como data, via-se o ano de 1680 no frontispício — que provavelmente ainda deve poder ser visto.

1680! Um ano depois da publicação do livro e do encarceramento do Máscara de Ferro! Tudo fazia sentido: Luís XIV, prevendo que o segredo podia ser divulgado, mandou construir e batizou aquele castelo para dar aos eventuais curiosos uma explicação natural. Agulha Oca? Apenas um castelo com torrezinhas pontudas, à beira do Creuse e pertencendo ao rei. Parecia ser a chave do mistério, pondo um ponto final às especulações!

Foi um cálculo certeiro, pois mais de dois séculos depois o sr. Beautrelet caiu nesse engodo. E é aonde eu queria chegar, escrevendo esta carta. Com o nome de Anfredi, Lupin alugou do sr. Valméras o castelo da Agulha, à margem do Creuse, e transferiu para lá seus dois prisioneiros. Fez isso por admitir o sucesso das inevitáveis investigações do sr. Beautrelet e, querendo ter a paz que havia perdido, armou para o seu perseguidor o que podemos denominar a armadilha histórica de Luís XIV.

Disso somos levados a esta irrefutável conclusão: Lupin, sabendo apenas o que todos sabemos, conseguiu, pelo sortilégio da sua extraordinária genialidade, decifrar o indecifrável documento. Lupin, último herdeiro dos reis da França, conhece o mistério do qual apenas eles tinham a chave, o mistério da Agulha Oca.

Assim terminava o artigo. Mas há alguns minutos já, desde a parte relativa ao castelo, não era mais Beautrelet quem o lia. Compreendendo seu erro, esmagado pelo peso da humilhação, ele havia largado o jornal e se afundara na cadeira, escondendo o rosto nas mãos.

Apreensivos, mal podendo acreditar naquela incrível história, seus amigos tinham pouco a pouco se aproximado e agora se concentravam ao seu redor, com crescente ansiedade, querendo saber como ele reagiria e quais objeções levantaria.

Mas ele não se movia.

Com um gesto carinhoso, Valméras descruzou suas mãos e o fez erguer a cabeça.

Isidore Beautrelet chorava.

7. O Tratado da Agulha

ERAM QUATRO HORAS DA MANHÃ. Isidore não tinha mais voltado ao liceu e não voltaria sem terminar a guerra impiedosa que ele havia declarado a Lupin. Foi o que jurou a si mesmo, enquanto os amigos o levavam de carro, sem quase se aguentar de pé e amargurado. Juramento impensado! Guerra absurda e ilógica! O que podia fazer uma criança só e desarmada contra aquele fenômeno de energia e poder? Por onde atacar? Ele é inatacável. Onde ferir? Ele é invulnerável. Onde alcançá-lo? Ele é inacessível.

Quatro horas da manhã... Isidore mais uma vez havia aceitado a hospitalidade do colega de liceu. De pé, diante da lareira do quarto, com os cotovelos plantados no mármore, os dois punhos no queixo, ele olhava fixamente seu próprio rosto refletido no espelho.

Não está mais chorando, não quer mais chorar nem ficar se revirando na cama ou se desesperar, como nas últimas duas horas. Precisa pensar; pensar e compreender.

Seus olhos não se desviam mais dos seus olhos no espelho, como se contemplar aquela imagem pensativa fosse duplicar a força do seu pensamento, ou encontrar no fundo daquele ser a insolúvel solução que, sozinho, ele não encontra. Até as seis horas permaneceu assim. Depois, pouco a pouco, livre de todos os detalhes que a complicavam e obscureciam, a questão se desvendou nua e crua na sua cabeça, com o rigor de uma equação.

Não havia como negar, ele se enganara. Sua interpretação do documento era equivocada. "Agulha" nada tinha a ver com o castelo à margem do Creuse. Do mesmo modo, *Demoiselles* não podia se referir a Raymonde de Saint-Véran e à prima, pois o texto era de séculos atrás.

Devia recomeçar tudo. Mas por onde?

A única base sólida de documentação era o livro publicado sob Luís XIV, mas, dos cem exemplares impressos por aquele que se tornaria o Máscara de Ferro, apenas dois escaparam das chamas. Um foi subtraído pelo capitão da guarda e se perdeu. O outro ficou com Luís XIV, foi transmitido a Luís XV e depois queimado por Luís XVI. Restou, contudo, uma cópia da página essencial, com a solução do problema ou, pelo menos, sua solução criptográfica, que foi levada a Maria Antonieta e escondida em seu livro de orações.

Onde estaria esse papel? Seria aquele que Beautrelet teve em suas mãos e que Lupin fez o escrivão Brédoux pegar de volta? Ou ainda estaria no livro de orações de Maria Antonieta?

A pergunta se resumia então a esta outra: "Que fim levou o livro de orações de Maria Antonieta?".

Depois de descansar um pouco, Beautrelet foi consultar o pai do seu amigo, um conhecido colecionador, muitas vezes solicitado oficiosamente como perito e que há pouco tempo fora chamado por um importante museu de Paris para organizar seu catálogo.

— O livro de orações de Maria Antonieta? Ora, foi legado pela rainha à sua camareira, com a missão secreta de fazê-lo chegar ao conde de Fersen. A família do conde o conservou religiosamente e há cinco anos ele pode ser admirado numa vitrine.

— Numa vitrine?

— Do museu Carnavalet, é claro.

— E esse museu abre...

— Daqui a vinte minutos.

No exato momento em que se abria o portão do antigo palacete da sra. de Sevigné, Isidore descia do carro com seu amigo.

— Olhem!... É Beautrelet!

Dez diferentes pessoas saudaram sua chegada. Era toda uma tropa de repórteres que acompanhava "O caso da Agulha Oca", para surpresa sua. Um deles gritou:

— Que engraçado, não é? Todos tivemos a mesma ideia. Cuidado, talvez um de nós seja Arsène Lupin.

Entraram em grupo. Avisado, o diretor do museu se pôs logo à disposição e pessoalmente levou os visitantes à vitrine, mostrando um livro bastante modesto, sem o menor ornamento, nada imponente. Alguma emoção, no entanto, despertavam aquelas páginas que a rainha folheara em dias tão trágicos, que seus olhos haviam percorrido, vermelhos de lágrimas... Ninguém se atrevia a tê-lo nas mãos e examinar, como se aquilo fosse um sacrilégio...

— Vamos, a honra cabe sobretudo ao sr. Beautrelet.

Cheio de expectativa, ele pegou o livro. A descrição correspondia perfeitamente à que o autor da brochura havia fornecido. Primeiro uma sobrecapa de pergaminho, já sujo, escurecido e desgastado em alguns pontos. Por baixo a encadernação propriamente, de couro rígido.

Com que emoção Beautrelet procurou o bolso secreto! Seria possível? Poderia ainda encontrar o documento escrito por Luís XVI e encaminhado pela rainha ao seu fiel amigo?

Na primeira página, na parte superior do livro, nenhum esconderijo.

— Nada — ele lamentou.

— Nada — repetiu um eco de vozes tensas.

Na última página, entretanto, depois de forçar um pouco a abertura do livro, ele logo viu que o pergaminho se descolava da encadernação. Enfiou os dedos... E sim, havia algo... um papel.

— Ah! — ele exclamou, aliviado. — Aqui está... é incrível!

— Vamos! Rápido — gritaram todos. — O que está esperando?

Ele puxou uma folha, dobrada ao meio.

— Vamos, leia! Há coisas escritas com tinta vermelha... parece sangue... sangue esmaecido... leia!

Ele leu:

— A você, Fersen. Para meu filho, 16 de outubro de 1793... Maria Antonieta.

Na sequência, Beautrelet não conteve uma exclamação de surpresa. Abaixo da assinatura da rainha lia-se... com tinta preta, duas palavras sublinhadas... duas palavras: *Arsène Lupin*.

Todos, sucessivamente, pegavam a folha, e a mesma exclamação imediatamente se ouvia:

— Maria Antonieta... Arsène Lupin.

Todos se uniram no mesmo silêncio. Aquela dupla assinatura, os dois nomes juntos, dentro do livro de orações, uma relíquia em que dormia há mais de um século o apelo desesperado da infeliz rainha, aquela data horrível, 16 de outubro de 1793, o dia em que ela foi guilhotinada, tudo aquilo era trágico, sombrio e desconcertante.

— Arsène Lupin — balbuciou um dos repórteres, marcando como era assustador ver aquele nome diabólico numa página sagrada.

— Exato, Arsène Lupin — repetiu Beautrelet. — O amigo da rainha não percebeu o apelo desesperado da condenada. Viveu com a lembrança enviada por sua amada, sem ver o que havia motivado tal lembrança. Já Lupin descobriu... e pegou.

— Pegou o quê?

— O documento, ora! O documento escrito por Luís XVI. Foi o que eu tive em minhas mãos. É a mesma aparência, a mesma configuração, os mesmos lacres vermelhos. É compreensível que Lupin não quisesse perder um documento do qual era possível tirar partido feito o exame do papel, dos lacres etc.

— E agora?

— Agora, já que o documento do qual conheço o conteúdo é autêntico, já que vi os lacres vermelhos, já que a rainha confirmou pessoalmente, por mensagem de próprio punho, a autenticidade do que afirma a brochura e que o sr. Massiban reproduziu, já que realmente existe um problema histórico relativo à Agulha Oca, tenho certeza de que posso chegar à solução.

— Como assim? Autêntico ou não, se não conseguir decifrar o documento, ele não serve para nada, já que Luís XVI destruiu o livro que o explicava.

— Concordo, mas o outro exemplar, tirado das chamas pelo capitão da guarda de Luís XIV, não foi destruído.

— Como pode saber?

— Como pode provar o contrário?

Beautrelet se calou e depois, bem devagar e de olhos fechados, como se tentasse resumir com toda precisão seu pensamento, disse:

— De posse do segredo, o capitão da guarda passou a registrar trechos dele no diário que seu bisneto encontrou. Depois, mais nada. A chave do enigma ele não forneceu. Por quê? Porque a tentação de se servir do segredo pouco a pouco o invadiu e acabou tomando-o por inteiro. Seu assassinato é uma prova disso. Outra prova é a magnífica joia descoberta com ele e que, sem dúvida, vinha do tal tesouro real cujo esconderijo, desconhecido, constitui justamente o mistério da Agulha Oca. Foi o que Lupin me deu a entender, e não estava mentindo.

— E o que conclui de tudo isso, Beautrelet?

— Concluo que devemos espalhar ao máximo essa história, que todos os jornais anunciem que procuramos um livro chamado *O tratado da Agulha*. Quem sabe alguém o descobre perdido em alguma biblioteca do interior.

Imediatamente se publicou a nota e imediatamente, sem sequer esperar que ela surtisse algum efeito, Beautrelet se pôs ao trabalho.

Uma primeira pista: o assassinato se dera nas redondezas de Gaillon. Ele então no mesmo dia se dirigiu a essa cidade. Não esperava, é claro, reconstituir um crime ocorrido duzentos anos antes, mas há certos acontecimentos que deixam marcas nas recordações e nas tradições locais.

As crônicas registram essas ocorrências. Um dia, algum estudioso da região, algum apreciador de histórias do passado, algum admirador dos pequenos incidentes do cotidiano antigo faz disso o assunto de um artigo de jornal ou de um comunicado para a Academia local.

Ele encontrou três ou quatro desses estudiosos. Com um deles, um velho notário, ele devassou, vasculhou os registros da prisão, assim como antigos assentamentos cartoriais e paroquiais. Nada encontrou que fizesse alusão ao assassinato de um capitão da guarda no século XVII.

Mas não desanimou e continuou suas pesquisas em Paris, onde talvez tivesse ocorrido o inquérito. Também na capital, nada conseguiu.

A possibilidade de outra pista lançou-o numa nova direção. Será que não conseguiria descobrir o nome daquele capitão da guarda? Seu neto emigrara, mas o bisneto havia servido no exército da República e, mais especificamente, na fortaleza do Templo durante a detenção da família real ali, continuando em seguida a carreira militar sob Napoleão e participando da campanha da França.

Com muita paciência, ele acabou estabelecendo uma lista em que dois nomes apresentavam uma similitude quase completa: sr. de Larbeyrie na época de Luís XIV, que passou a ser o cidadão Larbrie no período do Terror.

Já era um ponto importante. Ele deu alguns detalhes numa notinha que enviou aos jornais, perguntando se algum leitor teria informações sobre o tal Larbeyrie ou seus descendentes.

Foi o sr. Massiban, membro da Academia, o Massiban da brochura, quem respondeu.

Prezado senhor,

Gostaria de chamar sua atenção para um parágrafo do manuscrito de Voltaire de *O século de Luís XIV* (capítulo xxv, "Particularidades e anedotas do reino"). Essa passagem foi suprimida em várias edições:

> Ouvi contar, pelo falecido sr. de Caumartin, intendente das Finanças e amigo do ministro Chamillard, que o rei havia certo dia partido às pressas, em sua carruagem, ao saber que o sr. de Larbeyrie tinha sido assassinado e que magníficas joias em seu poder haviam sido roubadas. Sua Majestade parecia muito agitada e repetia: "Está tudo perdido... tudo perdido". No ano seguinte, o filho desse Larbeyrie e a filha dele, que tinha se casado com o marquês de Vélines, foram exilados em suas terras da Provença e da Bretanha. É de se supor que houvesse nisso alguma peculiaridade.

Sobretudo quando se sabe, acrescento eu, que o sr. Chamillard, segundo Voltaire, foi o último ministro a estar ciente do estranho segredo do Máscara de Ferro.

O senhor bem pode ver o proveito que é possível tirar desse parágrafo e o evidente laço que se estabelece entre as duas ocorrências. Pessoalmente não me atrevo a imaginar hipóteses mais precisas quanto ao comportamento, às suspeitas e apreensões de Luís xiv naquela ocasião, mas não podemos, por outro lado — uma vez que o sr. de Larbeyrie deixou um filho que provavelmente foi avô do cidadão-oficial Larbrie, além de uma filha —, não podemos imaginar que uma parte dos papéis deixados por Larbeyrie tenha passado para a filha e que, entre esses papéis, se encontrava o famoso exemplar que o capitão da guarda salvou das chamas?

Consultei o *Anuário dos castelos*. Há, nos arredores de Rennes, um barão de Vélines. Seria um descendente do marquês? Por via das dúvidas, escrevi ontem a esse barão, perguntando se ele não teria em sua biblioteca um livrinho antigo, com a palavra "agulha" no título. Estou aguardando a resposta.

Ficarei feliz de falar de todas essas coisas com o senhor. Se não for um incômodo, venha me visitar. Queira aceitar, prezado senhor, meus protestos de estima e consideração.

P.S. — Claro está que não comuniquei aos jornais essas pequenas descobertas. Agora que o senhor se aproxima da meta, a discrição importa.

Era também a opinião de Beautrelet, que fez ainda mais: para dois jornalistas que insistiam por notícias, naquela manhã ele deu informações fantasiosas sobre seu estado de espírito e seus projetos.

Na mesma tarde, ele foi à casa de Massiban, no número 17 do Quai Voltaire. Para sua grande surpresa, soube que o acadêmico acabava de partir inesperadamente, deixando um bilhete para ele, caso viesse. Isidore abriu o envelope e leu:

Recebi um telegrama que me deixou esperançoso. Estou indo a Rennes, onde pernoito. Se puder, pegue o trem noturno e, sem descer em Rennes, siga até a pequena estação de Vélines. Podemos, nesse caso, nos encontrar diretamente no castelo, que fica a quatro quilômetros da estação.

Beautrelet gostou da ideia, sobretudo pelo fato de que chegaria praticamente ao mesmo tempo que Massiban, temendo alguma indiscrição por parte dele. Voltou para a casa do amigo e passou o restante do dia com ele. À noite, pegou o expresso para a Bretanha. Às seis horas, desembarcou em Vélines. Cobriu a pé, por densos bosques, os quatro quilômetros de percurso. De longe já podia avistar, numa elevação, um solar comprido, uma construção bastante híbrida misturando Renascimento e Luís Filipe, mas mesmo assim imponente, com quatro torrezinhas e uma ponte levadiça coberta de hera.

O coração de Isidore batia forte. Estaria mesmo chegando ao final daquela correria louca? O castelo conteria a chave do mistério?

Nem por isso deixava de se sentir apreensivo. Tudo parecia bom demais e ele se perguntou se, mais uma vez, não estaria seguindo algum plano infernal arquitetado por Lupin; se Massiban, por exemplo, não seria um instrumento controlado pelo inimigo.

Soltou uma gargalhada:

"Estou sendo ridículo. Como se Lupin fosse realmente infalível, alguém que tudo prevê, uma espécie de deus todo-poderoso contra quem não há o que fazer. Que inferno! Lupin se engana, também está à mercê das circunstâncias, comete erros, e é justo por um erro seu, ao perder o documento, que começo a tomar a dianteira. Tudo vem daí. E todos os seus atuais esforços, em suma, são decorrentes desse erro."

E foi descontraído, totalmente confiante, que ele bateu à porta.

— O que deseja? — perguntou um criado, aparecendo à entrada.

— O barão de Vélines pode me receber?

— O barão ainda não se levantou, mas se o senhor quiser esperar...

— Já não veio também procurá-lo um senhor de barba branca, um pouco curvado? — perguntou Beautrelet, que já tinha visto Massiban em fotografias publicadas nos jornais.

— Sim, ele chegou há dez minutos e está na sala de visitas. Posso levá-lo até lá.

A conversa entre Massiban e Beautrelet foi das mais cordiais. Isidore agradeceu ao velho erudito as ótimas informações e Massiban exprimiu da forma mais calorosa sua admiração pelo jovem. Em seguida, trocaram impressões sobre o documento, sobre as chances que tinham de encontrar o livro e Massiban contou o que soubera com relação ao sr. de Vélines. O barão tinha cerca de sessenta anos e, viúvo há bastante tempo, vivia isolado, na companhia da filha, Gabrielle de Villemon, que acabava de tragicamente perder o marido e o filho mais velho num acidente de automóvel.

— O barão pede que os cavalheiros façam a gentileza de subir.

O criado os conduziu a um amplo cômodo no primeiro andar, com paredes nuas e modestamente mobiliado: escrivaninhas, arquivos, mesas cobertas de papéis e registros. O barão os recebeu de forma muito afável e com essa grande necessidade de falar que é característica dos solitários. Os visitantes tiveram dificuldade para entrar no assunto que os levava ali.

— Ah, sim, estou lembrado! O senhor me escreveu sobre isso. Trata-se de um livro, não é? Em que se menciona uma agulha e que pode ter vindo de algum antepassado meu.

— Isso mesmo.

— Devo dizer que meus antepassados e eu cortamos relações. As ideias eram bem estranhas naquele tempo. Por gosto pessoal, sou da minha época. Não quero saber do passado.

— Entendo — interrompeu Beautrelet, já impaciente. — Mas não tem alguma lembrança de ter visto esse livro?

— Perfeitamente! E por isso telegrafei — ele exclamou, virando-se para Massiban que, irritado, andava de um lado para o outro e olhava por uma das janelas. — Perfeitamente, ou pelo menos minha filha tem impressão de já ter visto esse título entre os milhares de livros que atravancam a biblioteca. Pois para mim, a leitura... Sequer leio jornais... Minha filha, às vezes, e olhe lá! Para ela, estando bem o filho que restou, o pequeno Georges... E para mim, se as colheitas se vendem e meus contratos estão em ordem... Podem ver meus registros... é a minha vida... e confesso que não tenho a menor ideia dessa história de que me falou por carta, sr. Massiban...

Isidore Beautrelet, horrorizado com o falatório, interrompeu de maneira brusca:

— Desculpe, mas voltando ao livro...

— Minha filha o procurou. Esteve procurando desde ontem.

— E?

— E o encontrou! Achou-o há uma ou duas horas. Quando chegaram...

— E onde está?

— Onde? Ela o deixou aqui nessa mesa... pronto... ali...

Isidore deu um pulo. Na ponta da mesa, sobre um amontoado de papéis, estava um livrinho encadernado em marroquino vermelho. Ele apoiou com violência a mão em cima dele, como se quisesse impedir que qualquer pessoa no mundo chegasse perto... e um pouco também como se ele próprio não ousasse.

— E então? — perguntou Massiban, emocionado.

— Consegui... aqui está... agora sim...

— Mas o título... tem certeza?

— Como não?! Veja!

Ele mostrou as letras douradas impressas no marroquino: *O mistério da Agulha Oca.*

— Está convencido? Temos enfim a chave do segredo.

— A primeira página... O que há na primeira página?

— Leia: "Toda a verdade contada pela primeira vez. Cem exemplares impressos por mim, para a informação da Corte".

— É isso, é ele — murmurou Massiban, com a voz alterada —, é o exemplar tirado das chamas. É o livro que Luís XIV condenou.

Eles o folhearam. Na primeira metade havia as explicações que o capitão Larbeyrie reproduzia em seu diário.

— Passemos adiante, vamos... — disse Beautrelet, querendo chegar logo à solução.

— Como assim? Nada disso. Sabemos que o Máscara de Ferro foi preso porque conhecia e quis divulgar o segredo da casa real da França. Mas como teve conhecimento disso? E por que quis divulgá-lo? Quem, afinal, é esse estranho personagem? Um meio-irmão de Luís XIV, como pretendia Voltaire, ou o ministro italiano Mattioli, como afirma a crítica moderna? Caramba! São questões de interesse primordial!

— Depois, depois! — discordou Beautrelet, como se o livro pudesse desaparecer da sua frente antes de chegar ao enigma.

— Mas temos tempo para isso depois — opôs-se Massiban, mais interessado nos detalhes históricos. — Primeiro a explicação.

De repente, Beautrelet parou. O documento! No meio de uma página, à esquerda, ele via as cinco linhas misteriosas, com pontos e algarismos. Logo à primeira vista, constatou que era idêntico ao que ele tanto havia estudado. A mesma disposição dos sinais... os mesmos intervalos permitindo isolar a palavra *Demoiselles* e determinar separadamente os dois termos *Agulha Oca*.

Uma pequena observação vinha antes do quadro:

Todas as informações necessárias foram circunscritas, provavelmente pelo rei Luís xiii, num pequeno quadro que transcrevo abaixo:

A seguir vinha o quadro e depois a explicação do documento, propriamente.

Beautrelet leu, com a voz embargada:

Como se vê, mesmo substituindo os algarismos por vogais, nada se esclarece. Pode-se dizer que, para decifrar o enigma, é preciso previamente conhecê-lo. É no máximo um fio que se dá a quem já conhece a trilha do labirinto. Peguemos o fio e caminhemos. Eu os guiarei.

Para começar, a quarta linha. Na quarta linha estão as medidas e as indicações. Se nos conformarmos às indicações e respeitarmos as medidas inscritas, chegaremos inevitavelmente ao fim. Isso, é claro, se soubermos onde estamos e aonde vamos, ou seja, se tivermos alguma ideia do real significado da Agulha Oca. E é o que descobrimos nas três primeiras linhas. A primeira foi assim concebida de me vingar do rei, eu o prevenira, aliás...

Beautrelet parou, alarmado.

— O quê? O que foi? — perguntou Massiban.

— Não faz mais sentido.

— É verdade — continuou Massiban. — "A primeira foi assim concebida de me vingar do rei..." O que quer dizer?

— Maldição! — gritou Beautrelet.

— O que houve?

— Arrancadas! Duas páginas! As páginas seguintes! Olhe aqui as marcas!

Ele tremia, de tanta raiva e decepção. Massiban olhou:

— É verdade... Veem-se os restos de duas páginas. Parece coisa recente. Não foram cortadas, foram arrancadas... com violência... Veja, todas as páginas do fim estão amarrotadas.

— Mas quem? Quem fez isso? — gemia Isidore, torcendo as mãos. — Um criado? Um cúmplice?

— Isso pode ter sido feito há alguns meses, até — observou Massiban.

— Mesmo assim... é preciso que alguém tenha localizado, tenha pegado o livro... O senhor não sabe de nada? Não desconfia de alguém? — perguntou Beautrelet quase agressivamente ao barão.

— Podemos perguntar à minha filha.

— Seria bom... Talvez ela saiba...

O sr. de Vélines chamou o criado. Minutos depois, entrou a sra. de Villemon. Era ainda jovem, mas com uma expressão dolorida e resignada. Sem perder tempo, Beautrelet perguntou:

— Encontrou esse livro na biblioteca, numa prateleira do alto?

— Sim, numa caixa com outros livros e que estava amarrada.

— Leu-o?

— Sim, ontem à noite.

— E quando leu faltavam duas páginas aqui? Tente se lembrar, as duas páginas que vinham depois desse quadro com algarismos e pontos.

— Não — ela respondeu, um tanto surpresa. — Não faltava página nenhuma.

— No entanto, foram arrancadas...

— Mas o livro ficou no meu quarto a noite inteira.

— E hoje?

— De manhã eu mesma o trouxe para cá, quando anunciaram a chegada do sr. Massiban.

— Quem, então?

— Não entendo... a menos que... não poderia...

— O quê?

— Georges, meu filho... de manhã cedo ele brincou com o livro.

Ela saiu às pressas, seguida por Beautrelet, Massiban e o barão. O menino não se encontrava no seu quarto. Foi procurado por todo lugar e afinal estava brincando nos fundos do castelo. Mas aqueles adultos pareciam tão nervosos, fazendo perguntas de forma tão estranha, que a criança começou a chorar alto. Todo mundo corria de um lado para outro. Os criados eram interrogados. Um tumulto indescritível se generalizou. Beautrelet tinha cada vez mais a terrível sensação de que a verdade estava escapando como a água escapa entre os dedos das mãos. Fez um esforço para se controlar, pegou o braço da sra. de Villemon e, seguido pelo barão e por Massiban, levou-a de volta ao salão, para só então perguntar:

— O livro está incompleto, não tem jeito, duas páginas foram arrancadas... mas a senhora leu, não leu?

— Li.

— Sabe o que diziam?

— Sei.

— Poderia repetir para nós?

— Com certeza, li o livro todo com muita curiosidade, mas sobretudo essas duas páginas me impressionaram, pelo enorme interesse das revelações.

— Pois, por favor, conte. São revelações extremamente importantes. Fale, insisto, os minutos que perdemos não voltam mais. A Agulha Oca...

— É bem simples, quer dizer apenas...

Nesse momento, um criado entrou.

— Uma carta para a senhora...

— Que estranho, o carteiro passou mais cedo.

— Foi um garoto que entregou.

A sra. de Villemon abriu o envelope, leu e levou a mão ao peito, prestes a desmaiar, pálida e aterrorizada.

O papel caiu no chão e Beautrelet, sem nem mesmo pedir licença, leu:

Cale-se... ou seu filho não acordará mais...

— Meu filho... meu filho... — ela gaguejava, tão fraca que nem mesmo se sentia capaz de ir procurar o menino.

Beautrelet procurou tranquilizá-la:

— Isso não pode ser sério... É uma brincadeira... quem teria interesse nisso?

— A menos que seja Arsène Lupin — insinuou o velho acadêmico.

Beautrelet fez sinal para que ele não continuasse. Como não saberia que o inimigo estava de novo ali, atento e decidido a tudo? Justamente por isso queria extrair da sra. de Villemon as palavras supremas e tão esperadas; extraí-las com toda urgência, naquele minuto.

— Por favor, minha senhora, fique calma… Estamos todos aqui… Não há perigo…

Ela falaria? Ele achava que sim; ou pelo menos esperava. Ela balbuciou algumas palavras, mas a porta novamente foi aberta. Dessa vez era a babá, que parecia bastante preocupada.

— O Georges… senhora… o Georges.

A mãe bruscamente recuperou suas forças e, mais rápido do que qualquer um naquela sala, guiada por um instinto que nunca erra, atravessou o hall e correu na direção do terraço. O pequeno Georges estava numa poltrona, imóvel.

— O que houve? Está apenas dormindo…

— Foi muito de repente, senhora — respondeu a babá. — Quis levá-lo para o quarto e ele já estava assim… as mãos estão frias.

— Frias! — gemeu a mãe. — É verdade… Meu Deus, meu Deus… *Contanto que ele acorde!*

Beautrelet levou a mão ao bolso, pegou o revólver pela coronha, com o indicador já no gatilho, sacou rapidamente e atirou em Massiban.

Quase ao mesmo tempo, como se vigiasse os gestos do rapaz, o velho se esquivou da bala. Mas Beautrelet já saltava em cima dele, gritando para os criados:

— Ajudem! É Arsène Lupin!

Com a violência do choque, os dois caíram numa das poltronas de palha.

Sete ou oito segundos depois, Massiban já se levantava, deixando Beautrelet atordoado e sem conseguir respirar direito. Tinha na mão o revólver do adversário.

— Bom... muito bem... não se mexa... vão ser só dois ou três minutos... Puxa, demorou um bocado para me reconhecer. Sinal de que fiz um bom trabalho disfarçando-me de Massiban...

Ele se endireitou, e já bem firme nas pernas, com o tronco reto e postura ameaçadora, ele riu, vendo os três empregados paralisados e o barão perplexo.

— Isidore, obrigado. Se não tivesse dito meu nome, eles teriam pulado em cima de mim. E com caras assim, deus do céu, eu estaria perdido. Quatro contra um!

Ele se aproximou:

— Calma, meninos, não tenham medo... não vou lhes causar dodói nenhum... Peguem uma dessas balinhas. Vão ficar bons. Ah, e você aí, trate de devolver meus cem francos. Você mesmo, não se faça de desentendido. Paguei para que levasse a carta à patroa... empregado desleal; rápido, passe para cá.

Ele pegou a nota e rasgou em pedacinhos.

— É o soldo da traição... me queima os dedos.

Dando um passo atrás, tirou o chapéu e, com uma reverência para a sra. de Villemon, acrescentou:

— A senhora me perdoa? Os acasos da vida, e da minha em particular, nos obrigam às vezes a crueldades, das quais sou o primeiro a me envergonhar. Nada tema pelo seu filho, foi uma simples injeção no braço, enquanto faziam perguntas a ele. Dentro de no máximo uma hora ele vai estar normal... Uma vez mais, mil desculpas. Mas preciso do seu silêncio.

Fez mais uma saudação, agradeceu ao sr. de Vélines a amável hospitalidade, pegou sua bengala, acendeu um cigarro, ofereceu outro ao barão, acenou com o chapéu a todos e gritou a Beautrelet, num tom ironicamente protetor: "Até mais, pirralho!". Depois foi tranquilamente embora, soltando baforadas de fumaça no nariz dos empregados...

Beautrelet esperou alguns minutos. A sra. de Villemon, mais calma, estava junto do filho. Ele se aproximou para tentar um último apelo. Seus olhos se cruzaram e ele desistiu. Entendeu que, dali em diante, acontecesse o que acontecesse, ela nunca falaria. Também ali, naquele cérebro de mãe, o segredo da Agulha estava enterrado de modo tão profundo quanto nas trevas do passado.

Ele então simplesmente se retirou.

Eram dez e meia da manhã. Havia um trem às onze e cinquenta. Ele lentamente enveredou pela alameda do parque e tomou o caminho da estação.

— E então? O que achou desse último lance?

Era Massiban, ou melhor, Lupin, surgindo de entre as árvores que margeavam a estrada.

— Não foi bem planejado? Viu como seu velho amigo sabe dançar na corda bamba? Tenho certeza de que mal acreditou, hein? Está se perguntando se o tal Massiban, membro da Academia de Inscrições e Belas-Letras, de fato existe. Pois saiba que sim. Vai poder inclusive vê-lo, caso se comporte bem. Mas, antes, deixe-me devolver seu revólver... Está olhando se está carregado? Perfeitamente, amigo. Cinco balas ainda e uma só já me mandaria para o beleléu... Como? Está mesmo só guardando-o de volta no bolso? Ainda bem... Melhor assim do que da maneira como agiu ainda há pouco... Nada bonito! Fazer o quê? É jovem, de repente, num estalo, percebe que foi passado para trás mais uma vez por esse danado do Lupin, que está bem à sua frente, a três passos e... pou!, você atira... Sem mágoas, pode deixar... E a prova disso é que ofereço carona no meu cem cavalos. Aceita?

Ele enfiou dois dedos na boca e assobiou.

Era formidável o contraste entre a venerável aparência do velho Massiban e a infantil jovialidade dos gestos e do tom agora assumidos por Lupin. Beautrelet não pôde deixar de rir.

— Ele riu! Ele riu! — festejou Lupin, dando saltos de alegria.

— Está vendo, pirralho, o que falta em você é isso... é meio sério demais para a idade... É simpaticíssimo, tem o charme da ingenuidade e da simplicidade… mas, deixe-me dizer, não tem o sorriso.

Ele se postou à frente de Beautrelet.

— Veja só, tenho certeza de que consigo fazê-lo chorar. Sabe como segui sua investigação? Como soube da carta que Massiban escreveu para você e o encontro que marcou essa manhã, no castelo de Vélines? Pela língua solta do amigo que o hospeda… Você conta para o imbecil, que imediatamente conta para a namorada… E a namorada não guarda segredos para Lupin. Não disse? Já está todo mexido… Olhos marejados… A amizade que trai; chato, não é? Isso o deixa triste. Você é impagável, garoto. Quase lhe dei um beijo… tem sempre uns olhares de surpresa que me tocam direto no coração… Vou eternamente me lembrar da noite em Gaillon, quando foi me consultar… Ah, é verdade; era eu o velho tabelião… Ria um pouco, garoto. No duro, insisto, falta o sorriso. Deixe-me ajudar, falta em você… como posso dizer? falta o "primeiro impulso". Já em mim não, eu tenho o "primeiro impulso".

Ouvia-se bem próximo, aproximando-se, o ronco de um motor. Lupin bruscamente pegou o braço de Beautrelet e, com um tom frio na voz e olho no olho:

— Vai ficar quieto agora, não vai? Convença-se de que nada pode fazer. Para que então desperdiçar forças e perder tempo? Há muito bandido solto pelo mundo… Vá atrás deles e me deixe em paz… senão… Estamos combinados, não é?

Ele o sacudiu para que ficasse bem claro. Depois riu:

— Idiota que sou! Você, me deixar em paz? Não é desses que desistem... Nem sei o que me impede... Em dois tempos e três movimentos estaria amarrado e amordaçado... Em duas horas, à sombra por alguns meses... E eu poderia girar meus polegares com toda segurança, gozar da tranquila aposentadoria que me prepararam meus antepassados, os reis da França, aproveitar os tesouros que eles tiveram a fineza de acumular, pensando em mim.... Mas não, está escrito que cometerei o erro até o fim... O que quer? Todos temos nossas fraquezas... E tenho uma por você... Além disso, ainda não é hora. Daqui até que ponha seu dedo no oco da Agulha, muita água vai rolar sob a ponte... Que diabo! Eu que sou eu precisei de dez dias. Para você serão pelo menos dez anos. Há um bom espaço entre nós, apesar de tudo.

O automóvel se aproximava, um imenso carro todo fechado. A porta foi aberta e Beautrelet deu um grito. Dentro da limusine estava um homem, Lupin, ou melhor, Massiban.

Ele soltou uma gargalhada, compreendendo afinal.

Lupin disse:

— Fique à vontade, ele dorme profundamente. Prometi que você o veria. Tem explicação agora para as coisas? Por volta da meia-noite, eu soube do encontro de vocês no castelo. Às sete da manhã, eu estava aqui. Quando Massiban passou, foi só pegá-lo. Depois, uma injeção... e pronto! Durma bem... Vamos deixá-lo encostado ali, naquele barranco... No sol, para que não sinta frio... Pronto... Muito bem... Perfeito... Maravilha... E nosso chapéu na mão!... Uma moedinha, por favor... Ah! Meu velho Massiban, fique tomando conta do Lupin!

Era realmente uma verdadeira piada ver, um à frente do outro, os dois Massibans, um dormindo, com a cabeça caída no peito, o outro atencioso, cheio de seriedade e respeito.

— Piedade para um pobre cego... Pronto, Massiban, fique com dois tostões e meu cartão de visitas... Mas agora, crianças, pé na estrada, em quarta marcha... Ouviu, motorista, a cento e vinte por hora. Para dentro, Isidore... Há sessão plenária no Instituto hoje e Massiban deve ler, às três e meia, uma dissertaçãozinha sobre não sei o quê. E não vai deixar de ler sua dissertaçãozinha. Vou servir aos ouvintes um Massiban completo, mais de verdade do que o de verdade, com minhas ideias particulares sobre as inscrições lacustres. Tenho que aproveitar, já que vou estar no Instituto. Mais rápido, chofer, estamos só a cento e quinze... Está com medo? Esquece que tem Lupin a seu lado? Ah, Isidore! E há quem se lamente, dizendo que a vida é monótona... A vida é adorável, garoto, só que é preciso saber disso... e é algo que eu sei... Pensa que não foi uma alegria louca vê-lo ainda há pouco, no castelo, de conversa fiada com o velho Vélines, enquanto eu, na janela, rasgava as páginas do livro histórico? E depois, quando você perguntou à fulana de Villemon sobre a Agulha Oca? Será que falaria? Sim, falaria... Não, não falaria... sim... não... Eu estava subindo pelas paredes.

Se falasse, eu teria que refazer minha vida inteira, com meus alicerces destruídos… O criado chegaria a tempo? Sim… não… e lá estava ele… Será que Beautrelet vai me desmascarar? Nunca! É lerdo demais! Sim… não… pronto, agora vai… não, não vai… sim, ele olhou para mim… pronto… vai pegar o revólver… Ah, que tensão!… Isidore, você fala demais… Que tal dormir um pouco, não quer? No que me concerne, estou caindo de sono… boa noite…

Beautrelet olhou para ele. Parecia estar quase dormindo. Já estava dormindo.

O carro, solto na estrada, se lançava contra um horizonte sempre alcançado, mas sempre fugidio. Não havia mais cidades, vilarejos, campos nem florestas, apenas a estrada, a estrada devorada, engolida. Por um bom tempo, Beautrelet ficou olhando o companheiro de viagem com curiosidade, mas também querendo penetrar, para além da máscara, até sua real fisionomia. E pensou nas circunstâncias que os punham ali, tão perto um do outro, na intimidade do automóvel.

Mas depois de tantas emoções e decepções daquela manhã, também cansado, ele acabou pegando no sono.

Quando acordou, Lupin estava lendo. Ele se inclinou para ver o título do livro. Era *Cartas a Lucílio*, do filósofo Sêneca.

8. De César a Lupin

"Que diabo! Eu que sou eu precisei de dez dias. Para você serão pelo menos dez anos!"

A frase de Lupin ao sair do castelo de Vélines acabou tendo considerável influência sobre Beautrelet. Muito calmo e sempre senhor de si, o aventureiro tinha seus rompantes, com arrebatamentos um tanto românticos, teatrais e ao mesmo tempo infantis, quando deixava escapar algumas deixas, palavras das quais alguém como Beautrelet podia tirar proveito.

Certo ou errado, Beautrelet acreditou ver nessa frase uma dessas indicações involuntárias. E achou-se no direito de concluir que, se Lupin comparava seus próprios esforços ao dele na busca da verdade sobre a Agulha Oca, era porque ambos tinham meios idênticos para chegar a essa verdade e que ele, Lupin, não contou com elementos diferentes dos que o adversário dispunha. As chances eram as mesmas. E com essas mesmas chances e os mesmos elementos, bastaram dez dias a Lupin. Que elementos eram esses, que meios, que chances? Tudo se reduzia ao conhecimento da brochura publicada em 1815 e que Lupin provavelmente havia, como Massiban, encontrado por acaso. Foi graças a essa brochura que ele descobriu, no missal de Maria Antonieta, o indispensável documento. A brochura e o documento formavam então a única base sobre a qual Lupin se apoiara. A partir disso ele construiu todo o edifício. Sem ajuda externa. O estudo da brochura, o estudo do documento e só, nada mais.

Ora! E Beautrelet não estava limitado ao mesmo terreno? Para que lutar contra o impossível? Para que tantas investigações se estava certo — e isso caso conseguisse evitar as constantes armadilhas — de chegar, no final das contas, ao mais lamentável dos resultados?

A decisão foi clara e imediata. Conformando-se, Beautrelet intuitivamente sentia estar no bom caminho. Para começar, sem maiores comentários ele se despediu do colega que o hospedava e, pegando suas coisas, depois de muita procura se mudou para um pequeno hotel, bem no centro de Paris. Não saiu do quarto por vários dias. No máximo, comia no refeitório comum. O resto do tempo, trancado à chave, com as cortinas inteiramente fechadas, ele pensava.

"Dez dias", dissera Arsène Lupin. Beautrelet se esforçava para esquecer tudo que havia feito, para se lembrar apenas dos elementos da brochura e do documento, querendo muito se manter no limite dos dez dias. Mas esse dia chegou, depois o seguinte e ainda o seguinte, mas no décimo terceiro uma luz se acendeu no seu cérebro e, muito rápido, com a velocidade desconcertante das ideias que brotam como plantas miraculosas, a verdade surgiu, floresceu, se fortificou. Na noite daquele décimo terceiro dia, é verdade que ele não tinha ainda a chave do problema, mas com toda certeza havia percebido um método que podia levar à descoberta, o método criativo provavelmente utilizado por Lupin.

Era um método bem simples, decorrente desta única pergunta: existe alguma ligação entre todos aqueles acontecimentos históricos, mais ou menos importantes, aos quais a brochura remetia o mistério da Agulha Oca?

A diversidade dos acontecimentos tornava a resposta difícil. No entanto, do exame profundo a que se dedicara, ele acabou demarcando uma característica essencial em todos eles. Todos, sem exceção, se passavam dentro dos limites da antiga Neustrie, que mais ou menos correspondem aos da atual Normandia. Todos os heróis da fantástica aventura eram normandos, ou haviam se tornado normandos, ou agiram na região normanda.

Que apaixonante cavalgada através do tempo! Que emocionante espetáculo, com tantos barões, duques e reis partindo de pontos tão opostos para um encontro naquele canto do mundo!

Ao acaso, Beautrelet folheou a história. Foi Roll, ou Rollon, o primeiro duque *normando* e detentor do segredo da Agulha depois do tratado de Saint-Clair-sur-Epte!

Guilherme, o Conquistador, duque da *Normandia* e rei da Inglaterra, tinha a haste do seu estandarte furada como uma agulha!

Foi em Rouen que os ingleses queimaram Joana d'Arc, detentora do segredo!

E bem na origem de tudo, quem era aquele chefe dos caletes que pagou seu resgate a César com o segredo da Agulha? O líder dos habitantes da região de Caux, situada bem no centro da *Normandia*.

A hipótese ganhava precisão. O campo se estreitava. Rouen, as margens do Sena, a região de Caux... parecia realmente que todos os caminhos convergiam para lá. Depois da perda do segredo pelos duques da Normandia e seus herdeiros, os reis da Inglaterra, e com o segredo passando para a Coroa da França, dois reis são citados mais particularmente. São eles Henrique IV, que sitiou Rouen e ganhou a batalha de Arques, à entrada de Dieppe, e Francisco I, que fundou a cidade do Havre e proclamou esta frase reveladora: "Os reis da França são detentores de segredos que ditam a condução das coisas e o destino das cidades". Rouen, Dieppe e o Havre... as três pontas do triângulo, três grandes cidades que o formam. No centro, a região de Caux.

Chega-se ao século XVII. Luís XIV queima o livro em que um desconhecido revelava a verdade. O capitão de Larbeyrie se apossa de um exemplar, aproveita-se do segredo violado, furta algumas joias e, atacado por assaltantes de estrada, é assassinado. E onde aconteceu o atentado? Em Gaillon, cidadezinha situada no caminho que leva do Havre, de Rouen ou de Dieppe a Paris!

Um ano depois, Luís XIV compra uma propriedade e constrói o castelo da Agulha. Em que lugar? No centro da França. Despista com isso os curiosos, que não procurarão na Normandia.

Rouen… Dieppe… o Havre… O triângulo de Caux… É onde está o que interessa… De um lado, o mar. De outro, o Sena. E do terceiro, os dois vales que vão de Rouen a Dieppe.

Uma luz brilhou em Beautrelet. Esse espaço geográfico, essa área de planaltos que vai dos penhascos do Sena aos penhascos da Mancha, sempre — ou quase sempre — foi o campo de operações de Lupin.

Nos últimos dez anos era essa, precisamente, a área por ele explorada, como se tivesse seu esconderijo no centro mesmo da região em que mais de perto se enraizava a lenda da Agulha Oca.

O caso do barão de Cahorn? Nas margens do Sena, entre Rouen e o Havre. O caso de Tibermesnil? Na outra extremidade do planalto, entre Rouen e Dieppe. Os assaltos de Gruchet, de Montigny, de Crasville? Em plena região de Caux. Para onde se dirigia Lupin quando foi atacado e amarrado em sua cabine de trem por Pierre Onfrey, o assassino da rua Lafontaine? A Rouen. Onde Herlock Sholmes, preso por Lupin, foi embarcado? Perto do Havre.

E todo o drama atual, qual foi seu palco? Ambrumésy, no caminho do Havre a Dieppe.

Rouen, Dieppe, o Havre, ainda o triângulo de Caux.

A conclusão era que, alguns anos antes, de posse da brochura e sabendo do bolso falso em que Maria Antonieta tinha escondido o documento, Arsène Lupin conseguira ter nas mãos o famoso livro de orações. Subtraiu o documento, entrou em ação, *encontrou* e lá se estabeleceu, em terreno conquistado.

Também Beautrelet entraria em ação.

Partiu realmente animado, pensando na viagem feita por Lupin, com as mesmas esperanças que deviam tê-lo animado, indo à descoberta do formidável segredo que tanto poder lhe traria. Teriam o mesmo resultado vitorioso os seus esforços?

Deixou Rouen cedinho, a pé, com o rosto disfarçado por forte maquiagem e levando no ombro uma trouxa pendurada na ponta de uma vara, como um aprendiz de ofício que percorre as estradas da França.

Foi direto a Duclair, onde almoçou. Ao sair dali, seguiu o Sena e não o deixou mais, por assim dizer. O instinto, é verdade que ajudado por algumas suposições, o mantinha sempre nas margens sinuosas do belo rio. Por ocasião do assalto ao castelo de Cahorn, foi pelo Sena que suas coleções de arte foram transportadas. Saqueada a Chapelle-Dieu, foi no Sena que suas velhas pedras esculpidas foram embarcadas. Isidore imaginava uma frota de *peniches* fazendo o serviço regular entre Rouen e o Havre, transportando obras de arte e riquezas de uma região da França para contrabandeá-las rumo ao país dos milionários.

— Estou esquentando… esquentando… — ele murmurava, com a respiração entrecortada pelos sucessivos choques da verdade.

O fracasso dos primeiros dias não o desestimulou. Tinha profunda fé, inquebrantável, na justeza da hipótese que o guiava. Pouco importava que fosse ousada, excessiva: era digna do inimigo! Estava à altura de tudo aquilo que envolvia seu nome. Com semelhante personagem, não era no enorme, no exagero, no sobre-humano que se devia procurar? Jumièges, La Mailleraye, Saint-Wandrille, Caudebec, Tancarville, Quillebeuf eram localidades cheias de lembranças que remetiam a Lupin! Quantas vezes ele não teria admirado a glória dos seus campanários góticos ou o esplendor das suas ruínas?!

O Havre e seus arredores atraíam Isidore como a luz de um farol.

Os reis da França são detentores de segredos que ditam a condução das coisas e o destino das cidades.

Palavras obscuras, mas que se tornavam absolutamente claras! Não seria a exata declaração dos motivos que levaram Francisco I a criar uma cidade naquele local? Não estaria essa iniciativa ligada ao próprio segredo da Agulha?

— É isso… é isso… — ruminava Beautrelet, alvoroçado. — O velho estuário normando, um dos pontos essenciais, um dos núcleos primitivos em torno dos quais se formou a nacionalidade francesa, se completa com essas duas forças, uma ao ar livre, viva e conhecida, novo porto a comandar o oceano, abrindo-se para o mundo, e outra tenebrosa, ignorada e ainda mais inquietante por ser invisível e palpável. Todo um lado da história da França e da casa real se explica pela Agulha, assim como toda a história de Lupin. As mesmas fontes de energia e de poder alimentaram e renovaram a fortuna dos reis e agora a do aventureiro.

De localidade em localidade, do rio ao mar, Beautrelet esmiuçou, farejando, de orelhas em pé e tentando arrancar das próprias coisas seu significado profundo. Essa colina não deveria ser investigada? Essa floresta? As casas desse vilarejo? Não se descobriria, nas palavras insignificantes de um camponês, um fato revelador?

Certa manhã, ele almoçava numa pousada nas proximidades de Honfleur, antiga cidade do estuário. À frente dele, comia um desses normandos vermelhos e pesadões, que vendem cavalos nas feiras da região, de chicote na mão e avental comprido. Passado algum tempo, Beautrelet achou que o homem o olhava com alguma insistência, como se o conhecesse ou tentasse se lembrar de onde o conhecia. Mas afinal concluiu: "Devo estar enganado, nunca vi esse sujeito nem ele a mim".

O homem, de qualquer maneira, parecia ter se desinteressado, e ele acendeu o cachimbo, pediu um café e um conhaque, fumou e bebeu. Terminando, pagou a conta e se levantou. Mas teve que parar por alguns segundos perto da mesa em que estava o feirante, pois um grupo de clientes entrava no momento em que ele saía. Ouviu então o vendedor de cavalos dizer em voz baixa:

— Bom dia, sr. Beautrelet.

Ele não pensou duas vezes e se sentou, perguntando:

— Sou eu… mas o senhor, quem é? Como me reconheceu?

— Não foi difícil… No entanto, conheço-o apenas pelas fotografias dos jornais. Mas está bem pouco… nem sei como dizer em francês… convincente nessa sua aparência.

Ele tinha um sotaque estrangeiro bastante marcado e, olhando melhor, Beautrelet começou a achar que também ele usava um disfarce.

— Quem é o senhor?

O estranho sorriu:

— Não me reconhece?

— Não. Nunca o vi.

— Nunca nos vimos. Mas procure se lembrar… Os jornais também publicam fotografias minhas… e bem frequentemente. Então? Conseguiu?

— Não.

— Herlock Sholmes.

Era um encontro um tanto inesperado. E também significativo. Beautrelet imediatamente percebeu. Depois de trocarem cumprimentos, ele disse:

— Imagino que esteja aqui... por causa dele?

— Sim...

— Então... quer dizer... acha que temos chances... por esses lados?

— Estou certo disso.

A alegria de Beautrelet, constatando que a opinião de Sholmes coincidia com a sua, era bastante ambígua. Se o inglês tivesse sucesso, a vitória deixaria de ser exclusiva, teriam que compartilhá-la. Ou quem sabe Sholmes inclusive chegasse à sua frente...

— Tem provas? Indícios?

— Não se preocupe — sorriu o detetive, vendo o que se passava pela cabeça do colega —, não estou seguindo os mesmos passos. O documento e a brochura não me inspiram tanta confiança.

— E por onde segue?

— Outro caminho.

— Seria indiscreto, da minha parte...

— De forma alguma. Lembra-se da história do diadema, a história com o duque de Charmerace?

— Sim, me lembro.

— Então não deve ter se esquecido de Victoire, a velha ama de leite de Lupin, que meu bom amigo Ganimard deixou que escapasse num falso carro penitenciário.

— Não, não esqueci.

— Segui a pista de Victoire, que mora numa fazenda perto da estrada nacional nº 25. É a estrada que vai do Havre a Lille. Encontrando Victoire, facilmente chegarei a Lupin.

— É muito demorado.

— Pouco importa! Larguei todos os meus outros casos. Apenas este me interessa. Entre mim e Lupin há uma guerra... uma guerra de vida ou morte.

Essa declaração foi feita com uma espécie de raiva, em que se sentia todo o rancor pelas humilhações sofridas, um ódio feroz contra o grande inimigo que tanto o havia passado para trás.

— É melhor que vá — ele murmurou —, estão nos olhando... é perigoso... Mas lembre-se: no dia em que Lupin e eu nos encontrarmos frente a frente, será... será trágico.

Beautrelet se sentia perfeitamente tranquilo ao se despedir de Sholmes: o inglês não chegaria à sua frente.

E aquele encontro casual ainda confirmava sua tese! A estrada do Havre a Lille passa por Dieppe. É a grande rota costeira da região de Caux! A estrada à beira-mar que domina os penhascos da Mancha! E é numa fazenda perto dessa estrada que Victoire mora. Victoire significa Lupin, já que um nunca se afastava do outro, o patrão e a criada que lhe era cegamente dedicada.

— Estou esquentando... estou esquentando — ele repetia. — Quando as circunstâncias trazem um elemento novo de informação, é sempre confirmando minha suposição. De um lado, certeza absoluta quanto às margens do Sena; de outro, certeza da estrada nacional. As duas vias de comunicação se juntam no Havre, na cidade de Francisco I, a cidade do segredo. Os limites se estreitam. A região de Caux não é tão grande e tenho que revirar apenas sua parte oeste.

O trabalho foi retomado com novo ânimo.

"O que Lupin encontrou não tem por que eu não encontrar", ele não parava de dizer a si mesmo. Claro, possivelmente Lupin teve certas vantagens, talvez um maior conhecimento da região, dados precisos sobre as histórias locais, lembranças, talvez. Era uma vantagem preciosa, pois ele próprio nada conhecia dali, tendo vindo pela primeira vez por ocasião do roubo de Ambrumésy e muito brevemente, sem ficar tanto tempo.

Pouco importa!

Se precisasse dedicar dez anos da sua vida, mesmo assim levaria adiante a investigação. Lupin estava ali. Podia vê-lo. Pressentia. Podia estar nessa próxima curva da estrada, à beira dessa floresta, na saída desse vilarejo. A cada decepção, ele parecia encontrar um motivo ainda maior para insistir mais.

Isidore muitas vezes parava no acostamento escarpado da estrada e começava a examinar como louco a cópia que fizera do documento, que estava sempre à mão, com os algarismos já substituídos por vogais:

```
e .a.a.. e.. e .a.
.a.. a... e.e.  .e.o i.e.. e.
.ou ..  e .o... e.. e.o.. e
D  DF  □ 19 F+44 ◁ 357◁
ai .u i.. e  .. eu.e
```

Também com frequência se deitava de bruços na relva alta, para pensar por horas a fio. Tinha tempo. O futuro era seu.

Com admirável paciência, ele ia do Sena ao mar e do mar ao Sena, afastando-se um pouco, voltando, só abandonando o terreno quando, teoricamente, não havia mais a menor possibilidade de tirar dele qualquer informação.

Estudou, esquadrinhou Montivilliers, Saint-Romain, Octeville, Gonneville e Criquetot.

No fim da tarde, ele batia na casa de algum camponês e pedia hospedagem. Depois do jantar, fumavam e conversavam. Ele pedia que contassem coisas que costumavam conversar entre si nas longas noites de inverno e, como quem não quer nada, nunca deixava de fazer a pergunta:

— E a Agulha? A lenda da Agulha Oca? Conhece?

— Não... não faço ideia.

— Pense bem... algo que as avós contavam... de uma agulha... talvez uma agulha mágica, quem sabe?

Nada. Nenhuma lenda, nenhuma recordação. No dia seguinte, ele tranquilamente ia embora.

Um dia, Beautrelet passou pela bela localidade de Saint-Jouin, acima do mar, e desceu pela confusão de pedras que haviam rolado do penhasco.

Depois voltou a subir ao planalto, tomando a direção da fenda de Bruneval, do cabo de Antifer, da pequena enseada de Belle-Plage. Seguia alegre e leve, um pouco cansado, mas tão feliz de viver! Tanto que às vezes até se esquecia de Lupin e do mistério da Agulha Oca, de Victoire e de Sholmes, interessando-se apenas pelo espetáculo das coisas, o céu azul, o grande mar cor de esmeralda, tudo brilhando ao sol.

Escarpas retilíneas e restos de muros de arrimo que ele achou serem vestígios de um campo romano o intrigaram. Então ele percebeu uma espécie de pequeno castelo, construído à maneira de um forte antigo, com torrezinhas já repletas de rachaduras e altas janelas góticas, erguendo-se num promontório acidentado, montuoso e pedregoso, quase separado do penhasco. Uma grade, reforçada com parapeito e armações de ferro, protegia a estreita passagem.

Com certa dificuldade, ele conseguiu atravessá-la. Acima da porta ogival, fechada por uma velha fechadura enferrujada, lia-se:

FORTE DE FRÉFOSSÉ*

---

* O forte de Fréfossé tinha o nome de uma propriedade vizinha, da qual dependia. Sua destruição, alguns anos depois, foi exigida pelas autoridades militares em consequência das revelações feitas neste livro.

Ele não tentou entrar. Virando à direita e descendo um pouco, chegou a uma trilha de terra batida e a uma rampa de madeira. No final, havia uma gruta de proporções mínimas que formava uma espécie de guarita na ponta do rochedo em que era cavada, um rochedo abrupto, que descia até o mar.

Mal se podia ficar de pé no centro da gruta. Muitas inscrições se entrecruzavam nas paredes. Um buraco quase quadrado, aberto em plena pedra como uma lucarna, dava para o lado da terra, exatamente para o forte de Fréfossé, cuja coroa com ameias podia ser vista à distância de trinta ou quarenta metros. Beautrelet jogou sua trouxa no chão e se sentou. Havia sido um dia cansativo, pesado. Ele logo pegou no sono.

Foi despertado pelo vento fresco que atravessava a gruta e ficou por alguns minutos imóvel e distraído, olhando o vazio. Tentava reorganizar os pensamentos ainda entorpecidos. Já mais consciente, ia se levantando quando teve a impressão de que seus olhos, arregalados e fixos, viam... Um arrepio o percorreu inteiro. As mãos se crisparam e gotas de suor se formaram na raiz dos cabelos.

— Não... não pode ser... — ele balbuciou. — Devo estar sonhando ou tendo uma alucinação... Será possível?

Pôs-se rapidamente de joelhos e se debruçou. Duas letras enormes, com talvez trinta centímetros cada, estavam gravadas em relevo no granito do piso.

Essas duas letras esculpidas grosseiramente mas de forma clara, em que o desgaste dos séculos havia arredondado os ângulos e coberto de pátina a superfície, essas duas letras eram um D e um F.

Um D e um F! Milagre dos mais perturbadores! Um D e um F, precisamente, duas letras do documento! As duas únicas letras do documento!

Beautrelet nem mesmo precisava consultá-lo para ver o grupo de letras na quarta linha, a linha das medidas e das indicações!

Ele as conhecia de cor! Estavam para sempre inscritas nos seus olhos, incrustradas na própria substância do seu cérebro!

Levantou-se, desceu o caminho escarpado, subiu ao longo do antigo forte, de novo se agarrou, para passar, nas arestas do parapeito e rapidamente se encaminhou na direção de um pastor que cuidava do seu rebanho numa das ondulações do planalto.

— Aquela gruta... aquela gruta ali...

Seus lábios tremiam, procurando palavras sem encontrá-las. O pastor o olhava surpreso e ele enfim conseguiu dizer:

— Desculpe, aquela gruta... ali... à direita do forte... tem um nome?

— Aquela? Todo mundo daqui de Étretat a chama de *Les Demoiselles*...

— Como...? Como...? O que disse?

— Isso… o quarto das *Demoiselles*…

Isidore esteve a ponto de pular em cima do homem, como se toda a verdade do mundo estivesse nele e pudesse ser extraída, arrancada…

Demoiselles! Uma das palavras, uma das únicas palavras conhecidas do documento!

Um choque elétrico o atravessou de cima a baixo. E parecia avolumar-se à sua volta, soprando como uma borrasca impetuosa que viesse do mar, que viesse da terra, que viesse de todo lugar e o açoitasse com grandes lambadas de verdade… Ele compreendia! O documento se revelava em seu verdadeiro sentido! O quarto das Donzelas… Étretat…

Ele pensou, iluminado por aquele raio de luz: "É isso… só pode ser isso. Como não percebi antes?".

Em voz baixa, ele pediu ao pastor:

— Será que poderia me deixar sozinho? Por favor?

Surpreso, o homem assobiou para seu cão e se afastou.

Depois que ele se foi, Beautrelet voltou ao forte. Estava quase lá quando de repente se jogou no chão, escondendo-se atrás de um pedaço do muro. Muito agitado, disse:

— Que maluquice a minha! E se *ele* me vir? Se os cúmplices me virem? Há uma hora ando de um lado para o outro, aqui…

Não se mexeu mais. O sol se pôs, a noite pouco a pouco ganhou terreno, tirando a nitidez das coisas.

Só então, com movimentos quase imperceptíveis, de bruços, escorregando, arrastando-se, ele avançou por uma das pontas do promontório até o extremo do penhasco. Uma vez lá, estendendo os braços, afastou um pouco de mato e sua cabeça surgiu acima do abismo.

À frente, quase à mesma altura, se erguia um enorme rochedo, subindo a mais de oitenta metros; um obelisco colossal, de pé em sua ampla base de granito que aparecia na superfície da água e ia se afinando até o alto, como um dente gigantesco de algum monstro marinho. Branco como o penhasco, um branco acinzentado e sujo, o assustador monólito apresentava sulcos horizontais em que se via o sílex, evidenciando o lento trabalho dos séculos, sobrepondo umas às outras camadas calcárias e camadas de seixos.

Em alguns pontos, uma fissura, uma anfractuosidade em que imediatamente se acumulava um pouco de terra, e mato, e folhagens.

E tudo muito consistente, sólido, formidável, com aparência de coisa indestrutível, contra a qual o assalto furioso das ondas e das tempestades não prevaleceria. Tudo muito definitivo, imanente, grandioso apesar da grandiosidade da muralha de penhascos à frente, e imenso apesar da imensidão do espaço em volta.

As unhas de Beautrelet se cravaram na terra como garras de uma fera prestes a dar o bote. Seus olhos penetravam na casca rugosa do rochedo, na sua pele, era a impressão que tinha, na sua carne. Ele podia tocá-lo, apalpá-lo, conhecê-lo, se apossar dele... Assimilava-o em seu interior.

Sob efeito dos raios de sol, que se pusera, o horizonte ganhava colorações púrpura, e longas nuvens em brasa, imóveis no céu, formavam magníficas paisagens, lagunas irreais, planícies em chamas, florestas douradas, lagos de sangue, toda uma fantasmagoria ardente e pacífica.

O azul do céu escureceu. Vênus dardejava raios maravilhosos, e então as estrelas, ainda tímidas, se acenderam.

Beautrelet fechou os olhos e convulsivamente apertou os braços dobrados contra a testa. Ali bem perto — ele teve a sensação de morrer de alegria, tamanha era a emoção que lhe constringia o coração —, ali quase no alto da Agulha do Étretat, abaixo do cume extremo em torno do qual rodopiavam gaivotas, uma fumacinha escapava de uma fissura como de uma chaminé invisível, uma fumacinha que subia em lentas espirais pelo ar calmo do crepúsculo.

9. Abre-te, Sésamo!

A Agulha do Étretat é oca!

Seria um fenômeno natural? Uma escavação produzida por cataclismos internos ou pelo esforço contínuo do mar que fervilha, da chuva que se infiltra? Ou obra sobre-humana executada por seres humanos, celtas, gauleses, homens pré-históricos? Questões provavelmente insolúveis. E o que importava isso? O essencial assim se resumia: a Agulha é oca.

A quarenta ou cinquenta metros desse imponente arco denominado Porta de Aval, que se lança do alto do penhasco como o galho colossal de uma árvore, indo se enraizar em rochedos submarinos, ergue-se um enorme cone de calcário, e esse cone é uma crosta, um barrete pontudo pousado sobre o vazio.

Prodigiosa revelação! Na esteira de Lupin, Beautrelet também descobria a chave do enigma que se impusera por mais de vinte séculos! Chave de suprema importância para quem a possuísse naquelas longínquas épocas em que hordas de bárbaros atravessavam a galope o Velho Mundo! Chave mágica que abria o antro ciclópico para tribos inteiras que fugiam do inimigo! Chave misteriosa que guardava a porta do mais inviolável retiro! Chave prestigiosa que dava poder e garantia preeminência!

Por conhecê-la, César conseguiu sujeitar a Gália. Por conhecê-la, os normandos se impuseram na região e mais tarde, a partir dela, conquistaram a grande ilha vizinha, conquistaram a Sicília, conquistaram o Oriente, conquistaram o Novo Mundo!

Detentores do segredo, os reis da Inglaterra dominaram, humilharam e desmantelaram a França, coroaram-se reis em Paris. Quando o perderam, foi a derrocada.

Detentores do segredo, os reis da França cresceram, foram além dos limites estreitos dos seus domínios, fundaram pouco a pouco a grande nação, esbanjando glória e poder. Quando o esqueceram ou deixaram de saber usá-lo, foi a morte, o exílio, o declínio.

Um reino invisível, no meio da água, a poucos metros da terra! Uma fortaleza ignorada, mais alta que as torres da catedral de Notre-Dame e construída sobre uma base de granito maior do que uma praça pública... Que força, que segurança! De Paris ao mar pelo Sena. Logo ali o Havre, a nova cidade, a cidade necessária. E a sete léguas, a Agulha Oca, um inexpugnável abrigo.

Mas também formidável esconderijo. Todos os tesouros dos reis, aumentando a cada século, todo o ouro da França, tudo que se extorque do povo, tudo que se subtrai do clero, que se saqueia nos campos de batalha da Europa vai parar na caverna dos reis. Velhos soldos de ouro, escudos reluzentes, dobrões, ducados, florins, guinéus, além de pedras preciosas e diamantes, todas as joias, todos os luxos, tudo estava ali. Quem o descobriria? Quem um dia saberia o segredo impenetrável da Agulha? Ninguém.

A não ser Lupin.

E ele então se tornou essa espécie de ser realmente desproporcional que conhecemos, um milagre impossível de explicar enquanto a verdade permanecesse à sombra. Por mais infinitos que fossem os recursos da sua genialidade, não seriam suficientes para a luta por ele sustentada contra a sociedade. Eram necessários outros, mais materiais. Era necessário o abrigo seguro, a certeza da impunidade, a tranquilidade que permite a execução dos planos.

Sem a Agulha Oca, Lupin seria incompreensível, um mito, um personagem de romance descolado da realidade. Detentor do segredo — e que segredo! —, ele continua sendo um homem como outro qualquer, mas que perfeitamente sabe se utilizar da arma extraordinária que o destino lhe deu.

Portanto, a Agulha é oca e isso é um fato indiscutível. Restava saber como ter acesso a ela.

Pelo mar, é claro. Devia haver, do lado de lá, dando para o largo, alguma fissura abordável por um barco a certas horas da maré. E do lado de cá, por terra?

Até a noite, Beautrelet permaneceu na beira do abismo, com os olhos fixos naquela massa escura formada pela pirâmide, pensativo, meditando com toda a capacidade do seu espírito.

Em seguida desceu até Étretat, escolheu o hotel mais modesto, jantou, foi para o quarto e abriu o documento.

Agora seria uma brincadeira descobrir seu significado. De imediato, percebeu que as três vogais da palavra Étretat apareciam na primeira linha, em ordem e com os intervalos certos. A primeira linha, então, ficava assim:

e. a. a . . etretat . a . .

Que palavras viriam antes de Étretat? Palavras, sem dúvida, que se aplicavam à localização da Agulha com relação ao vilarejo. Ora, a Agulha se ergue à esquerda, a oeste... Ele pensou e, lembrando-se de que os ventos do oeste são chamados, no litoral, ventos de *aval*, ou seja, ventos que descem, e que a Porta, justamente, era denominada de *Aval*, ele anotou:

En aval d'Étretat . a . .

A segunda linha era a da palavra *Demoiselles*. Constatando rapidamente, antes dela, a série de vogais que compõe *la chambre des*, ele escreveu as duas frases:

Descendo de Étretat — O Quarto das Donzelas.

Teve mais dificuldade com a terceira linha, e apenas depois de algumas tentativas, rememorando a localização, não distante do Quarto das Donzelas, do castelinho construído no lugar do forte de Fréfossé, ele acabou assim reconstituindo, quase completamente, o documento:

Descendo de Étretat — O Quarto das Donzelas — Sob o forte de Fréfossé — Agulha Oca.

Eram essas as quatro grandes fórmulas, as fórmulas essenciais e gerais. Devia-se então descer de Étretat, entrar no Quarto das Donzelas, passar — ao que tudo indicava — sob o forte de Fréfossé e assim chegar à Agulha.

Como? Pelas indicações e medidas da quarta linha:

$$D \ \overline{DF} \ \Box \ 19F+44 \ \triangle \ 357\triangleleft$$

Era claramente a fórmula mais específica, a que servia para descobrir a passagem pela qual se penetrava no caminho de acesso à Agulha.

Beautrelet logo supôs, como hipótese lógica a partir do documento, que havendo de fato uma comunicação direta entre a terra firme e o obelisco da Agulha, o subterrâneo devia partir do Quarto das Donzelas, passar sob o forte de Fréfossé, descer a pique os cem metros do penhasco e, por um túnel aberto sob os rochedos do mar, chegar à Agulha Oca.

E a entrada do subterrâneo? Não seriam as duas letras, D e F, tão claramente marcadas, que a designavam? Talvez elas indicassem algum engenhoso mecanismo de abertura.

Durante a manhã do dia seguinte, Isidore perambulou por Étretat e conversou por todo canto, tentando obter alguma informação útil. À tarde, ele finalmente voltou ao penhasco, disfarçado de grumete, ainda mais moço, parecendo um menino de doze anos, de calças curtas e camiseta de pescador.

Assim que entrou na gruta, ajoelhou-se junto das letras. Uma decepção: por mais que batesse, empurrasse, manipulasse para todos os lados, elas não se moviam. Estava claro que realmente não podiam se mover nem comandavam qualquer mecanismo. Mesmo assim… tinham que significar alguma coisa! Pelo que ouviu no vilarejo, ninguém jamais soube explicar a presença daquelas letras ali, e o padre Cochet, em seu precioso livro sobre Étretat, também sondou aquele quebra-cabeça.* Mas Isidore sabia de algo que esse douto arqueólogo normando ignorava, isto é, a presença dessas duas mesmas letras no documento, na linha das indicações. Coincidência fortuita? Impossível. Sendo assim…

Uma ideia bruscamente surgiu, e tão racional, tão simples que ele por momento nenhum teve a menor dúvida da sua

---

* *As origens de Étretat*. O padre por fim concluía que as duas letras seriam as iniciais de alguém de passagem. As revelações que apresentaremos irão mostrar o erro de tal suposição.

exatidão. O D e o F não eram as iniciais de duas das palavras mais importantes do documento? Palavras que representavam — junto com Agulha — as etapas essenciais do caminho a seguir: o quarto das *Donzelas* e o forte de *Fréfossé*. O D de Donzelas e o F de Fréfossé; havia nisso uma relação estranha demais para que fosse casual.

O problema então se tornava o seguinte: o grupo DF representava a relação existente entre o quarto das Donzelas e o forte de Fréfossé; a letra D sozinha, que começa a linha, representava Donzelas, ou seja, a gruta da qual se devia partir; e a letra F sozinha, no meio da linha, representava Fréfossé, isto é, a provável entrada do subterrâneo.

Entre esses diversos sinais, restavam ainda dois, uma espécie de retângulo irregular, marcado com um traço, no canto inferior esquerdo, e o número 19, sinais que, com certeza, indicavam a quem estivesse na gruta o meio de penetrar sob o forte.

A forma daquele retângulo intrigava Isidore. Haveria ao redor, nas paredes ou pelo menos ao alcance do olhar, alguma inscrição, qualquer coisa de forma retangular?

Ele procurou por um bom tempo e já se dispunha a desistir dessa pista quando olhou para a pequena abertura na pedra, como se fosse a janela do quarto. Suas bordas formavam exatamente um retângulo rugoso, irregular, grosseiro, mas sem dúvida retangular. Imediatamente ele constatou que, colocando os dois pés sobre o D e o F gravados no chão — e era como também se explicava, no documento, a barra acima das duas letras —, ele ficava exatamente na altura da janela!

Tomando posição, ele olhou. A janela se abria, como já foi dito, para a terra firme e via-se, primeiramente, a trilha suspensa entre os dois abismos e, em seguida, a base do pequeno monte em que se assentava o forte. Ao tentar ver o forte, Beautrelet se inclinou para a esquerda, e foi quando compreendeu o significado do traço arredondado, aquela espécie de vírgula, no documento: no canto inferior esquerdo da janela, uma lasca de sílex formava uma saliência, e sua extremidade era curvada como uma garra. Algo como um ponto de mira. Olhando através desse ponto de mira, divisava-se, na inclinação do pequeno monte à frente, uma área de terreno bastante restrita e quase totalmente ocupada por um velho muro de arrimo, vestígio do antigo forte de Fréfossé ou de alguma fortificação romana ainda mais antiga.

Beautrelet correu até o muro, que chegava talvez a ter uns dez metros, coberto de relva e de plantas. Nenhuma pista chamava a atenção.

E o número 19?

Voltou à gruta, tirou do bolso um rolo de barbante e uma fita métrica, prendeu o barbante no sílex da janela, amarrou uma pedra a dezenove metros e lançou-a na direção da terra firme. A pedra mal alcançou a extremidade da trilha.

"Triplo idiota que sou. Não existia metro naquela época. São dezenove toesas ou nada", ele pensou.

Feitos os cálculos, ele mediu trinta e sete metros de barbante, fez um nó, lançou a pedra, foi até lá e, tateando, procurou no muro o ponto exato e inevitavelmente único em que o nó formado a trinta e sete metros da janela da gruta chegava ao muro de Fréfossé. Em poucos minutos, o ponto de contato estava estabelecido. Com a mão que lhe restava livre, ele afastou as folhas de verbasco que cresciam nas reentrâncias.

Não pôde conter um grito. O nó repousava junto de uma cruzinha esculpida em relevo numa pedra do muro.

O sinal que vinha depois do número 19, no documento, era uma cruz!

Foi preciso muita força de vontade para dominar a emoção. Com os dedos crispados ele tocou a cruz e, fazendo pressão, girou-a como se girasse os raios de uma roda. A pedra oscilou. Ele redobrou a força; ela não se moveu mais. Então, deixando de girar, ele apenas fez pressão e a sentiu ceder. De repente, ouviu um estalo, um barulho de fechadura se abrindo e, à direita da pedra, numa largura de um metro, um pedaço do muro girou no próprio eixo, deixando que se visse a entrada de um subterrâneo.

Como louco, Beautrelet agarrou a porta de ferro em que as pedras estavam fixadas e puxou com força, para fechar a abertura. A surpresa, a excitação, o medo de ser visto transfiguravam seu rosto a ponto de torná-lo irreconhecível. Ele teve o vislumbre assustador de tudo que se passara naquele lugar, diante daquela porta, nos últimos vinte séculos, todos os personagens iniciados no grande segredo que tinham penetrado por ali... Celtas, gauleses, romanos, normandos, ingleses, franceses, barões, duques, reis e, depois, Arsène Lupin... E depois de Arsène Lupin, ele, Beautrelet. Sentiu que perdia a cabeça. Os olhos piscaram repetidamente e ele caiu desmaiado, rolando rampa abaixo até a beirada do precipício.

Sua tarefa estava concluída. Pelo menos a tarefa que ele podia cumprir sozinho, com os recursos de que dispunha.

À noite, ele escreveu ao chefe da Sûreté uma longa carta, contando em detalhes o resultado da investigação e o segredo da Agulha Oca. Pediu ajuda para terminar o trabalho e deu seu endereço.

Esperando resposta, passou duas noites consecutivas no Quarto das Donzelas. E passou-as tremendo de medo, com os nervos abalados por um pavor que os ruídos noturnos só ampliavam... O tempo todo imaginava ver sombras vindo contra ele. Elas sabiam da sua presença na gruta... entravam ali... e o degolavam... No entanto, e à custa de toda força de vontade do mundo, seus olhos por nada se desviavam daquele trecho de muro.

Na primeira noite nada se moveu, mas na segunda, à luz das estrelas e de um minguado quarto crescente de lua, ele viu o portão giratório se abrir e vultos emergirem das trevas. Contou dois, três, quatro, cinco...

Teve a impressão de que os cinco homens carregavam fardos bastante volumosos. Atravessando o campo, tomaram o rumo da estrada para o Havre e ele ouviu o barulho de um automóvel se afastando.

Seguindo seu encalço, margeou os limites de uma grande propriedade agrícola. Quando dobrava uma curva do caminho, no entanto, mal teve tempo de escalar um barranco e se esconder atrás das árvores. Mais homens passaram, quatro... cinco... todos carregando pacotes. Dois minutos depois, outro automóvel se aproximou. Dessa vez, ele não teve ânimo de voltar à gruta e foi dormir na sua cama.

Quando se levantou, um funcionário do hotel lhe entregou um envelope, e dentro estava o cartão de Ganimard.

— Até que enfim! — exclamou Beautrelet, que realmente sentia necessidade de apoio depois de uma campanha tão dura.

Correu até ele, já estendendo as mãos. Ganimard apertou-as, olhou para ele por um momento e disse:

— Rapaz, você é mesmo muito bom!

— A sorte ajudou.

— Com *ele*, sorte não basta — afirmou o inspetor, que sempre se referia a Lupin de forma solene e sem pronunciar seu nome.

Sentaram-se.

— Então, o temos nas mãos?

— Como mais de vinte vezes antes — respondeu rindo Beautrelet.

— É, mas dessa vez...

— Dessa vez, de fato, é diferente. Descobrimos seu esconderijo, sua fortaleza, tudo que, afinal, faz com que Lupin seja Lupin. Ele próprio pode até escapar, mas a Agulha de Étretat não.

— Por que imagina que ele possa escapar? — preocupou-se Ganimard.

— Por que imagina que precise escapar? — devolveu Beautrelet. — Nada prova que ele esteja nesse momento na Agulha. Essa noite, onze homens saíram de lá. Talvez estivesse entre eles.

Ganimard pensou.

— Tem razão. O principal é a Agulha Oca. Quanto ao resto, esperemos que a sorte nos ajude. Mas agora temos que conversar.

Ele assumiu de novo um tom grave, um ar de importância, e disse:

— Meu caro Beautrelet, tenho ordem de lhe pedir, no tocante a este caso, a mais absoluta discrição.

— Ordem de quem? — perguntou, rindo, o rapaz. — Do chefe de polícia?

— Mais alto.

— Do presidente do Conselho?

— Mais alto.

— Caramba!

Ganimard abaixou a voz.

— Beautrelet, estou vindo do Élysée, o palácio presidencial. Esse caso é considerado segredo de Estado, de extrema gravidade. Há sérias razões para que se queira manter segredo sobre essa cidadela invisível... Razões estratégicas, sobretudo. Ela pode se tornar um centro de abastecimento, um paiol para novos explosivos, para novos projéteis recentemente inventados, quem sabe? Um arsenal secreto para a França.

— Mas como esperam guardar segredo? Antes, uma só pessoa o conhecia, o rei. Agora já somos muitos a saber que ele existe, sem contar a quadrilha de Lupin.

— Se conseguirmos prolongar por mais dez ou mesmo cinco anos o segredo, já seria muito bom...

— Mas, para tomarmos essa cidadela, esse futuro arsenal, será preciso atacar, tirar Lupin de lá. Não se faz isso sem barulho.

— É claro, alguma coisa vai acabar vazando, mas sem confirmação. Em todo caso, tentemos.

— Bom, e qual é o seu plano?

— Resumindo, é o seguinte. Você não é Isidore Beautrelet e também não se fala de Arsène Lupin. Vai continuar a ser um menino de Étretat, que, andando por aí, viu uns homens saindo de um subterrâneo. Pelo que entendi, você acha que existe uma escada que atravessa o penhasco de cima a baixo, não é?

— Exato, há várias escadas assim ao longo da costa. Bem perto daqui, por exemplo, em Bénouville, pelo que me disseram, há a Escada do Cura, que todos os banhistas conhecem. Isso para não falar de três ou quatro túneis usados pelos pescadores.

— Metade dos meus homens e eu o acompanharemos. Entrarei sozinho ou não, ainda temos que decidir. O ataque, em todo caso, será por ali. Se Lupin não estiver na Agulha, armaremos uma ratoeira e um dia ou outro ele acabará caindo. Se estiver...

— Se estiver, inspetor, ele fugirá pelos fundos, pela saída que dá para o mar.

— E será imediatamente preso pela outra metade dos meus homens.

— Sim, mas se o senhor, como suponho, escolher o momento do refluxo da maré, que deixa descoberta a base da Agulha, a caçada será pública, pois se dará na presença de pescadores de mariscos, camarões e frutos do mar que frequentam aqueles rochedos.

— Por isso atacaremos na maré alta.

— Nesse caso, ele fugirá numa embarcação.

— Mas como terei uma dúzia de barcos de pesca com policiais no comando, ele será pego.

— Se não escapulir da sua dúzia de barcos como um peixe escapole pelas malhas da rede.

— Nesse caso, afundo-o.

— Caramba! Dispõe de canhões?

— E como não? Há nesse momento um torpedeiro no Havre. Basta um telefonema meu e ele estará, na hora marcada, cercando a Agulha.

— Lupin vai ficar orgulhoso! Um torpedeiro! Estou vendo que o senhor previu tudo. Só temos que ir até lá. Quando atacamos?

— Amanhã.

— À noite?

— À luz do dia, na maré crescente, às dez horas.

— Ótimo.

Sob a aparente alegria, Beautrelet estava profundamente ansioso e não conseguiu dormir a noite toda, agitado por planos, cada um mais impraticável que o outro. Ao se separarem, Ganimard ainda iria a Yport, a uma dezena de quilômetros de Étretat. Por prudência, havia marcado ali o encontro com seus subordinados e aproveitaria também para fretar doze barcos de pesca, a pretexto de sondagens ao longo da costa.

Faltando quinze minutos para as dez horas, escoltado por doze sólidos auxiliares, ele encontrou Isidore no início do caminho que subia para o penhasco. Às dez em ponto eles chegavam ao muro. Era o momento decisivo.

— Que cara é essa, Beautrelet? Está verde! — zombou Ganimard, falando em tom de brincadeira.

— E você, Ganimard, parece até que está chegando à sua última hora.

Os dois acharam melhor se sentarem um pouco e o policial tomou uns goles de rum.

— Não é medo — ele se justificou —, mas, puxa vida, que emoção! Sempre que estou perto de pegá-lo fico nervoso desse jeito. Um pouquinho de rum?

— Não, obrigado.

— E se você ficar pelo caminho?

— Então estarei morto.

— Diacho! Enfim, veremos. Abra, então. Não há perigo de sermos vistos, não é?

— Não. A Agulha fica abaixo do penhasco e, além disso, estamos numa reentrância do terreno.

Ele se aproximou do lugar certo no muro e fez pressão na pedra. O estalo se produziu e abriu a entrada do subterrâneo. À luz das lanternas que haviam levado, viram que era escavado de forma abobadada e revestido de pedras, inclusive o piso.

Andaram por alguns segundos e logo surgiu uma escada. Beautrelet contou quarenta e cinco degraus, degraus de pedra, mas nos quais a ação lenta dos passos havia desgastado a parte central.

— Desgraçado! — praguejou Ganimard, que ia à frente e parou bruscamente, diante de um obstáculo.

— O que é?

— Uma porta!

— Droga! — reclamou baixinho Beautrelet, olhando para ela. — E nada fácil de derrubar. Um bloco de ferro, pura e simplesmente.

— Estamos mal. Nem fechadura tem.

— É o que me dá certa esperança.

— Como assim?

— Portas foram feitas para ser abertas. E se esta não tem fechadura, é porque se abre por um mecanismo.

— E como não o conhecemos...

— Vamos conhecê-lo.

— De que jeito?

— Pelo documento. A quarta linha está ali apenas para resolver as dificuldades no momento em que elas aparecem. E a solução é relativamente fácil, pois é dada não para despistar, mas para ajudar quem procura.

— Relativamente fácil!? Não é o que estou vendo — exclamou Ganimard, que abrira o documento. — O número 44 e um triângulo com um ponto à esquerda. Parece um tanto obscuro.

— Não pense assim. Examine a porta; verá que é reforçada nos quatro cantos por placas de ferro em forma de triângulo e essas placas estão presas por pregos grandes. Vá na placa da esquerda, bem embaixo, e mexa no prego que está no ângulo... Aposto o que quiser que é isso.

— Pois perdeu — disse Ganimard, depois de ter tentado.

— Então é o número 44...

Em voz baixa, ainda pensando, Beautrelet continuou:

— Vejamos... Ganimard e eu estamos os dois aqui, no último degrau da escada... São ao todo 45... Por que 45 e, no papel, está marcado 44? Coincidência? Não... Em tudo isso, nunca houve coincidências, pelo menos não propositais. Tenha a bondade de voltar um degrau, Ganimard... Isso. Não saia desse quadragésimo quarto degrau. Agora sim mexo no prego de ferro. E era uma vez a trava. Sem o que, perco meu latim...

A pesada porta girou em seus gonzos. Uma caverna espaçosa se abriu à frente deles.

— Devemos estar exatamente sob o forte de Fréfossé — disse Beautrelet. — Já atravessamos as camadas de terra, a partir daqui não precisaram mais das pedras. Estamos em plena massa calcária.

O espaço era iluminado por um feixe de luz que vinha da outra extremidade. Aproximando-se, constataram sua origem numa fissura do penhasco, aberta numa saliência do muro, formando uma espécie de observatório. Diante deles, a cinquenta metros, surgia das ondas o impressionante bloco da Agulha. À direita, bem perto, estava o arco da Porta de Aval, e à esquerda, distante, fechando a curva harmoniosa de uma vasta enseada, ainda mais imponente, recortava-se no penhasco a Manneporte (*magna porta*), tão ampla que um navio poderia passar por ela com os mastros de pé e as velas abertas. E no fundo, por todo lugar, o mar.

— Não vejo nossos barcos — observou Beautrelet.

— Nem poderia — respondeu Ganimard. — A Porta de Aval oculta toda a costa de Étretat e de Yport. Mas repare mais ao longe, aquela linha escura à superfície da água...

— O que é?

— Apenas nossa frota de guerra, o torpedeiro número 25. Com ele ali, Lupin pode fugir à vontade... se quiser conhecer as paisagens submarinas.

Uma rampa levava até a abertura da escada, perto da fissura, e eles começaram a descer, degrau a degrau. De quando em quando, uma janelinha se abria na parede, sempre com vista para a Agulha, cuja massa parecia cada vez mais colossal. Um pouco antes de chegarem ao nível do mar, as janelas desapareceram e a escuridão foi total.

Isidore contava os degraus em voz alta. No tricentésimo quinquagésimo oitavo, eles chegaram a um corredor mais largo, fechado por mais uma porta de ferro reforçada com placas e pregos.

— Já conhecemos isso — disse Beautrelet. — O documento menciona o número 357 e um triângulo à direita. Temos só que refazer a operação.

A segunda porta se abriu como a anterior. Um túnel compridíssimo se estendia, iluminado a intervalos regulares pela boa claridade de lampiões pendurados na abóbada. As paredes estavam úmidas e gotas d'água caíam no chão, mas para facili-

243

tar a travessia fora montada uma verdadeira calçada de tábuas, de uma ponta à outra.

— Estamos passando por baixo do mar — disse Beautrelet. — Em frente, inspetor!

Ganimard se aventurou no túnel pela passarela de madeira e parou sob uma das lanternas, que ele desenganchou:

— Os aparelhos podem até ser da Idade Média, mas não a iluminação. Têm camisas modernas, que aumentam o brilho da chama.

Continuou adiante. O túnel desembocou em outra gruta, de proporções mais espaçosas, e podia-se vislumbrar, do outro lado, os primeiros degraus de uma escada que subia.

— Agora será a ascensão da Agulha, propriamente. As coisas ficam mais tensas — disse Ganimard.

Mas um dos policiais o chamou:

— Chefe, há outra escada, ali à esquerda.

E, pouco depois, descobriu-se mais outra, à direita.

— Essa não! — resmungou o inspetor. — A situação se complica. Se tomarmos uma, eles fogem pela outra.

— Vamos nos separar — propôs Beautrelet.

— Não, não é boa ideia... ficaríamos mais fracos. É melhor um de nós ir como batedor.

— Posso ir, se quiser...

— Se não se incomodar, Beautrelet. Ficarei aguardando com os homens... É mais seguro. Pode haver outros caminhos, além desse que seguimos pelo penhasco, e outros também, subindo a Agulha. Mas com certeza, entre o penhasco e a Agulha, não pode haver outra comunicação além do túnel. É preciso passar por essa gruta. Fico então esperando você voltar. Vá... mas com cuidado... Ao menor sinal de perigo, volte.

Sem pensar duas vezes, Isidore tomou a escada do meio. No trigésimo degrau, uma porta — mas uma tradicional porta de madeira — barrava a passagem. Ele girou a maçaneta. Não estava trancada.

Entrou numa sala que parecia muito baixa, de tão imensa que era. Iluminada por bons lampiões e sustentada por sólidos pilares, entre os quais se abriam profundas perspectivas. Devia ocupar praticamente toda a circunferência da Agulha. Seu espaço estava atravancado por caixas e uma quantidade de objetos, móveis, poltronas, arcas, credências e baús, tudo meio amontoado como num porão de antiquário. À direita e à esquerda, via-se a abertura das duas escadas, as mesmas, provavelmente, que vinham da sala inferior. Ele deveria então descer e avisar Ganimard, mas à frente uma outra escada subia, e isso o deixou curioso. Resolveu seguir sozinho.

Mais trinta degraus, outra porta destrancada e outra sala, que ele achou um pouco menos ampla. E, mais uma vez, outra escada que subia.

Mais trinta degraus, uma porta, uma sala menor...

Beautrelet entendeu o plano das obras executadas no interior da Agulha. Era uma série de salas superpostas e, consequentemente, cada vez menores. Todas serviam de depósito.

Na quarta, não havia mais lampião. Alguma claridade passava por fendas das paredes e Beautrelet viu o mar, uns dez metros abaixo de onde estava.

Só então ele se deu conta de ter se distanciado demais de Ganimard e um calafrio de ansiedade o percorreu. Precisou se controlar para não descer correndo. Mas perigo nenhum o ameaçava, e o silêncio em volta era tão acolhedor... quem sabe talvez a Agulha inteira tivesse sido abandonada por Lupin e seus cúmplices.

Mesmo assim, prometeu a si mesmo não ir além do andar seguinte.

Trinta degraus e mais uma porta, mais leve, de aspecto mais moderno. Empurrou-a bem devagar, pronto para voltar correndo, se necessário. Ninguém. Mas a sala tinha serventia diferente das demais. Tapeçarias enfeitavam as paredes e havia tapetes no piso. Frente a frente, viam-se dois magníficos aparadores repletos de ourivesaria. As janelinhas abertas nas fendas estreitas e bastante fundas eram protegidas por vidros.

No meio da sala, uma mesa havia sido luxuosamente preparada com toalha de renda, compoteiras de frutas e de doces, garrafas de champanhe e flores, muitas flores.

Em volta da mesa, três lugares postos.

Beautrelet se aproximou. Em cima dos guardanapos, cartões indicavam os nomes dos convidados.

Ele leu: *Arsène Lupin*.

À frente dele: *Sra. Arsène Lupin*.

Pegou o terceiro cartão e levou um susto. Lá estava seu nome: *Isidore Beautrelet*!

10. O tesouro dos reis da França

Uma cortina se abriu.

— Bom dia, meu querido Isidore. Está um pouco atrasado. O almoço foi previsto para o meio-dia. Mas uns minutos a mais ou a menos... O que houve? Não me reconhece? Mudei tanto assim?

Ao longo de toda a sua luta com Lupin, Beautrelet havia passado por grandes surpresas e esperava ainda outras emoções antes do desfecho, mas o choque, naquele momento, foi totalmente inesperado. Nem mesmo se pode falar de espanto, mas sim de estupor. Pode-se inclusive dizer: pavor.

O homem que estava à sua frente, aquele a quem a força brutal dos acontecimentos o obrigava a considerar como Arsène Lupin, era Valméras. Valméras! O dono do castelo da Agulha! O mesmo a quem ele havia pedido ajuda contra Arsène Lupin. Seu companheiro na expedição a Crozant. O corajoso amigo que tornara possível a fuga de Raymonde atacando, ou fingindo atacar, na obscuridade do saguão, um cúmplice de Lupin!

— Você... você... É você! — ele mal conseguia falar.

— E como não seria? — exclamou Lupin. — Achava mesmo

248

que me conhecia só porque me viu vestido de clérigo ou sob a aparência do sr. Massiban? Infelizmente, quem escolhe uma situação social como a minha precisa dispor, é claro, de certos talentos sociais. Se Lupin não pudesse livremente ser um pastor anglicano ou um membro da Academia de Inscrições e Belas-Artes, seria chatíssimo ser Lupin. E Lupin, o verdadeiro Lupin, Beautrelet, é este à sua frente! Olhe bem, Beautrelet...

— Mas então... se é você... então... a senhorita...

— Bem lembrado, Beautrelet, bem lembrado...

Ele novamente afastou a cortina, fez um sinal e anunciou:

— A sra. Arsène Lupin.

— Ora! — murmurou o rapaz, ainda bastante confuso. — A srta. de Saint-Véran!

— Não, de jeito nenhum — protestou Lupin. — Sra. Arsène Lupin ou, se preferir, sra. Louis Valméras, minha legítima esposa, dentro das mais rigorosas formas legais. E graças a você, querido Beautrelet.

Ele estendeu a mão.

— Aceite minha gratidão... e, espero, sem qualquer rancor.

Coisa estranha, Beautrelet de fato não sentia o menor rancor. De forma alguma se sentia humilhado. Nenhuma amargura. Admitia tão claramente a enorme superioridade do adversário que não se envergonhava da derrota. Aceitou a mão estendida.

— Senhora, o almoço está servido.

Um criado havia deixado sobre a mesa algumas travessas cheias.

— Precisa nos desculpar, Beautrelet, meu chef está de férias, teremos que comer frio.

Beautrelet não se sentia minimamente disposto a comer. Mesmo assim sentou-se, muito interessado no comportamento de Lupin. De que ele sabia, exatamente? Dava-se conta do perigo que corria? Tinha conhecimento da presença de Ganimard e seus homens? Mas o anfitrião continuava:

— Sim, graças a você, querido amigo. Raymonde e eu nos amamos desde o primeiro dia. Isso mesmo, meu caro... O rapto, o cativeiro, tudo mentira: nós nos amávamos. Mas tanto ela quanto eu, uma vez livres para ficarmos juntos, não quisemos aceitar que entre nós se estabelecesse um desses laços passageiros, à mercê do acaso. Uma situação que parecia insolúvel para Lupin. Mas não se eu voltasse a ser Louis Valméras, como nunca deixei de ser, desde criança. Foi quando tive a ideia, já que você não me deixava em paz e havia encontrado o castelo da Agulha, de aproveitar sua obstinação.

— Minha ingenuidade.

— Bah! Quem nunca se enganou?

— Quer dizer então que foi com minha cobertura, com meu apoio, que tudo deu certo para você?

— Ora, quem acharia que Valméras era Lupin, sendo Valméras amigo de Beautrelet, que acabava de tirar sua amada das garras de Lupin? E foi lindo. Que ótimas recordações! A expedição a Crozant, os buquês de flores encontrados, minha suposta carta de amor a Raymonde... E, depois, os cuidados que eu, Valméras, tive que tomar contra mim, Lupin, por ocasião do casamento! E a noite do banquete em sua homenagem, quando você desfaleceu nos meus braços! São belíssimas recordações!

Houve um silêncio. Beautrelet observava Raymonde, que ouvia Lupin sem nada dizer. Em seus olhos havia amor, paixão, mas também alguma coisa a mais que o rapaz não saberia definir, uma espécie de constrangimento inquieto, uma tristeza difusa. Lupin, no entanto, se voltou para ela, que sorriu com carinho. Deram-se as mãos por cima da mesa.

— O que acha das minhas modestas instalações, Beautrelet? Têm seu charme, concorda? Não digo que sejam as mais confortáveis... Mas houve quem as apreciasse, e pessoas de peso... Pense na lista de alguns proprietários da Agulha e que fizeram questão de deixar aqui sua marca.

Nas paredes, diversos nomes haviam sido gravados, de cima para baixo:

César. Carlos Magno. Roll. Guilherme, o Conquistador. Ricardo, rei da Inglaterra. Luís XI. Francisco. Henrique IV. Luís XIV. Arsène Lupin.

— Quem mais colocará seu nome? — ele continuou. — Infelizmente, a lista está encerrada. De César a Lupin e nada mais. Em breve uma multidão de anônimos estará visitando essa estranha cidadela. E pensar que, sem Lupin, tudo isso cairia para sempre no esquecimento. Ah, Beautrelet! O dia em que pus pela primeira vez os pés nesse chão abandonado, que sensação de orgulho! Encontrar o segredo perdido, tornar-me seu dono, o único! Conquistar semelhante herança! Depois de tantos reis, morar na Agulha...

Um gesto da esposa o interrompeu. Ela parecia tensa.

— Ouvi um barulho. Um barulho lá embaixo... ouça.

— Apenas o mar — ele a tranquilizou.

— Não... Não é só isso... tem outra coisa.

— E o que mais poderia ser, querida? — riu Lupin. — Apenas Beautrelet foi convidado para o almoço.

E, virando-se para o criado:

— Charolais, você fechou as portas das escadas depois da passagem do cavalheiro?

— Sim. E tranquei-as.

Lupin se levantou:

— Vamos, Raymonde, não trema assim... Você está tão pálida!

Ele disse baixinho alguma coisa para ela e também para o criado. Depois ergueu a cortina para que os dois se retirassem.

Lá embaixo, o barulho se tornara mais identificável, com pancadas surdas que se repetiam a intervalos regulares. Beautrelet pensou:

"Ganimard perdeu a paciência e está derrubando as portas."

Bastante calmo, como se de fato nada ouvisse, Lupin retomou:

— Mas estava muito danificada, a Agulha, quando a encontrei. Via-se que ninguém mais tivera acesso ao segredo há um século, desde Luís XVI e a Revolução. O túnel podia ruir a qualquer hora, as escadas se esfarelavam. Muitos vazamentos. Precisei escorar, consolidar, reconstruir.

Beautrelet não pôde deixar de perguntar:

— E estava vazia, quando chegou?

— Praticamente. Os reis não devem ter se servido da Agulha como eu, como depósito...

— Como refúgio, talvez.

— Certamente, no tempo das invasões, no tempo das guerras civis, também. Mas sua verdadeira finalidade era... como direi?, ser o cofre-forte dos reis da França.

Lá embaixo, as pancadas redobravam, menos abafadas. Ganimard devia ter arrombado a primeira porta e agora atacava a segunda.

Houve um silêncio e depois novas pancadas, ainda mais próximas. Era a terceira porta. Restavam duas.

Por uma das janelas, Beautrelet viu os barcos em volta da Agulha e, mais adiante, flutuando como um grande peixe escuro, o torpedeiro.

— Que barulheira! — reclamou Lupin. — Não se consegue conversar direito! Proponho passarmos para o andar de cima. Talvez se interesse em visitar um pouco a Agulha.

Subiram para outra sala, também protegida por uma porta, fechada por Lupin assim que eles entraram.

— É minha pinacoteca — ele explicou.

As paredes estavam cobertas de telas, nas quais Beautrelet identificou as mais ilustres assinaturas. Via-se *A Virgem do Agnus Dei*, de Rafael; *Lucrezia del Fede*, de Andrea del Sarto; *Salomé*, de Ticiano; *A Virgem e os anjos*, de Botticelli, e ainda alguns Tintoretto, Carpaccio, Rembrandt, Velázquez.

— Belas cópias! — elogiou Beautrelet.

Lupin olhou para ele estupefato:

— O que disse?! Cópias? Está louco? As cópias estão em Madri, meu amigo, em Florença, em Veneza, em Munique, em Amsterdam.

— Então isso...?

— São as telas originais, colecionadas com muita paciência a partir de todos os museus da Europa, mas que muito honestamente substituí por excelentes cópias.

— Mas um belo dia...

— Um belo dia descobrirão a fraude? E daí? Verão minha assinatura em cada tela, atrás, e saberão que fui eu quem trouxe para o meu país as obras-primas originais. Na verdade, fiz apenas o que fez Napoleão na Itália... Ah! Veja, Beautrelet, os quatro Rubens do sr. de Gesvres...

As pancadas não paravam no oco da Agulha.

— Realmente, assim não dá! — irritou-se Lupin. — Vamos subir mais.

Outra escada. Outra porta.

— A sala das tapeçarias — anunciou.

Não estavam penduradas, mas enroladas, amarradas, etiquetadas e misturadas a fardos de tecidos antigos, que Lupin desdobrou: brocados maravilhosos, veludos admiráveis, sedas macias em tons pastel, casulas, bordados em ouro e em prata...

Eles subiram ainda mais e Beautrelet viu a sala da relojoaria, a sala dos livros (magníficas encadernações e volumes inencontráveis, exemplares únicos roubados de grandes bibliotecas!), a sala das rendas, a sala dos bibelôs.

O diâmetro da sala diminuía a cada vez, e cada vez mais o barulho das pancadas se afastava. Ganimard perdia terreno.

— A última — avisou Lupin. — A sala do tesouro.

Era totalmente diferente. Também redonda, mas muito alta, de forma cônica, com pé-direito de quinze ou vinte metros de altura. Estavam no topo da Agulha.

Nenhuma abertura se voltava para o penhasco, mas apenas para o lado do mar. Sem o perigo de olhares indiscretos vindos dessa direção, duas grandes janelas envidraçadas deixavam entrar luz em abundância. O chão era assoalhado com madeira rara, formando desenhos concêntricos. Nas paredes, atrás de vitrines, alguns quadros.

— São as pérolas das minhas coleções — explicou Lupin. — Tudo que vimos até aqui é para ser vendido. Objetos vão, outros vêm. Faz parte do negócio. Neste santuário, no entanto, tudo é sagrado. Apenas objetos escolhidos, o essencial, o melhor do melhor, o inapreciável. Olhe essas joias, Beautrelet, amuletos caldeus, colares egípcios, braceletes celtas, correntes árabes... Veja essas estatuetas, essa Vênus grega, esse Apolo de Corinto... Veja essas tânagras! Todas as tânagras verdadeiras estão aqui. Fora dessa vitrine, não há uma só no mundo que seja autêntica. Como é bom poder dizer isso! Você se lembra, Beautrelet, dos saqueadores de igrejas do Sul, a quadrilha Thomas e companhia (agentes meus, diga-se de passagem)? Pois bem, aqui está o relicário de Ambazac, o verdadeiro, Beautrelet! Lembra-se do escândalo do Louvre, a tiara reconhecida como falsa, imaginada, fabricada por um artista moderno? Aqui está a tiara de Saitafernes autêntica, Beautrelet! Olhe, olhe bem, Beautrelet! Admire a maravilha das maravilhas, a obra suprema, o pensamento de um deus, admire a *Gioconda* de Da Vinci, a verdadeira. Ajoelhe-se, Beautrelet, você tem à sua frente a mulher total!

Ficaram em silêncio. Embaixo, as pancadas se aproximavam. Duas ou três portas, no máximo, os separavam de Ganimard.

Ao longe, viam-se o dorso negro do torpedeiro e os barcos que passavam. O visitante perguntou:

— E o tesouro?

— Ah, menino, é só isso então que importa? Todas essas obras-primas da arte humana, pelo que vejo, pouco interesse têm se comparadas à contemplação do tesouro... E todos vão agir do mesmo modo! Que seja, vou satisfazê-lo!

Ele bateu forte com o pé, o que fez girar um dos discos que compunham o assoalho e, erguendo-o como a tampa de uma caixa, surgiu uma espécie de bacia bem redonda e escavada na própria pedra. Estava vazia. Um pouco mais adiante, ele executou a mesma manobra. Outra bacia surgiu, igualmente vazia. Três outras vezes ele repetiu a operação e três outras bacias surgiram vazias.

— Que decepção, não é?! — zombou Lupin. — Sob Luís xi, sob Henrique iv e sob Richelieu as cinco bacias deviam estar cheias. Mas pense em Luís xiv, na loucura da construção de Versalhes, nas guerras, nos grandes desastres do reino! E pense em Luís xv, o rei pródigo, na Pompadour, na Du Barry! O que não devem ter tirado daqui! Com que garras afiadas não devem ter raspado a pedra! Então, como está vendo, nada sobrou...

Fez uma pausa e continuou:

— Minto, Beautrelet, há ainda o sexto esconderijo! Intangível... Nenhum deles jamais o saqueou. Era o recurso supremo... por assim dizer, o copo d'água para o desespero da sede. Veja, Beautrelet.

Ele se abaixou e ergueu a tampa. Um baú de ferro enchia a cavidade. Lupin tirou do bolso uma chave com ranhuras complicadas e o abriu.

Foi um deslumbre. Todas as pedras preciosas brilhavam, todas as cores cintilavam, o azul das safiras, o fogo dos rubis, o verde das esmeraldas, o sol dos topázios.

— Olhe, olhe, jovem Beautrelet. Eles devoraram todas as moedas de ouro e de prata, os escudos, os ducados, os dobrões, mas o cofre das pedras preciosas se manteve intacto! Repare nos engastes, são de todas as épocas, de todos os séculos, de todos os países. Os dotes das rainhas estão aqui. Cada uma trouxe sua parte, Margarida da Escócia e Carlota da Savoia, Maria da Inglaterra e Catarina de Médici, todas as arquiduquesas da Áustria, Eleonora, Isabel, Maria Teresa, Maria Antonieta... Admire essas pérolas, Beautrelet! E esses diamantes! A enormidade desses diamantes! Nenhum que não seja digno de uma imperatriz! O Régent não é mais bonito!

Ele se levantou e ergueu a mão, como se fizesse um juramento solene:

— Beautrelet, diga ao universo que Lupin não pegou nenhuma das pedras que se encontravam no cofre real, nem umazinha, palavra de honra! Eu não tinha esse direito: é a fortuna da França...

Lá embaixo, Ganimard continuava. Pelo som das pancadas, era fácil perceber que estavam na penúltima porta, que dava acesso à sala dos bibelôs.

— Deixemos o cofre aberto — disse Lupin — e as bacias também. Todos esses pequenos sepulcros vazios...

Ele deu a volta pelo cômodo, examinou algumas vitrines, contemplou alguns quadros e, andando com ar pensativo, acrescentou:

— Como é triste deixar tudo isso! Que terrível! As mais belas horas da minha vida foram passadas aqui, sozinho diante desses objetos amados... E meus olhos não mais os verão, minhas mãos não mais os tocarão.

Havia em sua expressão contraída tanto cansaço que Beautrelet chegou a, mesmo confuso, sentir pena. A dor, naquele homem, provavelmente ganhava proporções maiores do que em qualquer outro, assim como a alegria, o orgulho ou a humilhação.

Já perto da janela, apontando para o horizonte, ele acrescentou:

— Mais triste ainda é isso, tudo isso que sou obrigado a abandonar. Não é formidável? O mar imenso, o céu. Dos dois lados, os penhascos de Étretat com suas três portas, a do Amont, a do Aval e a Manneporte... arcos do triunfo para seu conquistador... E esse conquistador era eu! O rei da aventura! O rei da Agulha Oca! Reino estranho e sobrenatural. De César a Lupin... Que destino!

Ele deu uma gargalhada e continuou:

— Rei da fantasia? Por quê? Ou, vão dizer, rei de Yvetot! Que piada! Rei do mundo, isso sim! Dessa ponta da Agulha, eu dominava o universo, tinha-o nas minhas garras como uma presa! Levante a tiara de Saitafernes, Beautrelet... Vê esses dois telefones? O da direita está em comunicação com Paris, por linha especial. O da esquerda com Londres, também por linha especial. Através de Londres, contato a América, a Ásia, a Austrália! Em todos esses países tenho escritórios, agentes de venda, receptadores. É o tráfico internacional. É o grande mercado da arte e das antiguidades, a feira do mundo. Ah, Beautrelet! Houve momentos em que o poder me subiu à cabeça. Embriagava-me de força e de autoridade...

A porta de baixo cedeu. Podia-se ouvir Ganimard e seus homens correndo, procurando... Após um instante, Lupin continuou, em voz baixa:

— Mas pronto, está tudo acabado! Uma menininha passou, com seus cabelos louros, belos olhos tristes e alma honesta. Exato, honesta. Mas acabou... Eu próprio destruo esse formidável trabalho... tudo mais parece absurdo e pueril... apenas seus cabelos contam... seus olhos tristes e sua almazinha honesta.

Os policiais subiam a escada. Uma pancada abalou a porta, a última... Lupin subitamente agarrou Beautrelet pelo braço.

— Você entende por que lhe dei campo livre, podendo, há semanas, várias vezes esmagá-lo? Entende como conseguiu chegar até aqui? Entende que entreguei a cada uma das pessoas que trabalhavam comigo sua parte dos bens acumulados e que você os viu, outra noite, no penhasco? Entende isso, não entende? A Agulha Oca é a Aventura. Enquanto for minha, continuo sendo o Aventureiro. Uma vez tomada, o passado inteiro se separa de mim e começa o futuro, um futuro de paz e de felicidade, em que não sentirei vergonha quando Raymonde olhar para mim, um futuro...

Furioso, ele se voltou para a porta:

— Pare com esse barulho, Ganimard, quero terminar minha fala!

As pancadas ficaram ainda mais fortes. Parecia ser o choque de uma viga contra a porta. De pé à frente dele, ardendo de curiosidade, Beautrelet esperava para saber o que aconteceria, sem compreender o que pretendia Lupin. Que entregasse a Agulha ele podia entender, mas por que entregar a si mesmo? Qual era o plano? Esperava ainda escapar de Ganimard? E, aliás, onde estava Raymonde?

Lupin, no entanto, continuava, pensativo:

— Honesto... Arsène Lupin honesto... nada mais de roubos... levando a vida de todo mundo... Por que não? Posso perfeitamente ter o mesmo sucesso. Pare com isso, Ganimard! Não vê, idiota, que estou proferindo palavras históricas, que Beautrelet transmitirá aos nossos netos?

Ele riu alto:

— Perco meu tempo. Ganimard nunca há de entender a importância das palavras históricas.

Pegando um pedaço de giz vermelho, ele aproximou da parede um banquinho e escreveu com letras grandes:

Arsène Lupin lega à França todos os tesouros da Agulha Oca, sob a condição de que esses tesouros sejam levados para o museu do Louvre e organizados em salas que se chamarão "Salas Arsène Lupin".

— Minha consciência agora está em paz. A França e eu estamos quites — ele concluiu.

Os policiais faziam progressos. Uma das almofadas da porta foi arrebentada e alguém passou a mão pela brecha, procurando a maçaneta.

— Diabos! — disse Lupin. — Ganimard é até capaz de conseguir alguma coisa, dessa vez.

Com um salto, ele tirou a chave da fechadura.

— Força, meu velho, essa porta é das boas... Tenho todo tempo do mundo... Beautrelet, precisamos nos despedir... E obrigado!... Pois você realmente poderia ter complicado esse ataque... mas tem sensibilidade!

Dirigiu-se para um grande tríptico de Van der Weyden representando os Reis Magos. Afastou a aba da direita e descobriu uma pequena porta, que ele se preparou para abrir.

— Boa caçada, Ganimard, e lembranças aos seus!

Um tiro ecoou. Ele deu um pulo para trás.

— Canalha, bem no coração! Andou treinando. Acabou com um Rei Mago. Bem no coração! Atingido como numa barraquinha de tiro ao alvo…

— Renda-se, Lupin! — gritou Ganimard, com o revólver que passava pela brecha da porta e os olhos brilhantes que também podiam ser vistos… — Renda-se, Lupin!

— A Guarda Real por acaso se rendeu?

— Se der um passo, está morto…

— Reconheça que não pode me atingir de onde está!

É verdade, Lupin tinha se afastado e Ganimard, pela brecha da porta, podia atirar para a frente, mas não — e menos ainda apontar — para onde estava Lupin… A situação deste último não deixava de ser grave, pois a saída com a qual ele contava, a pequena porta do tríptico, ficava bem à frente de Ganimard. Tentar fugir significava se expor ao tiro do policial… que ainda tinha cinco balas no revólver.

— Droga, minhas ações estão em baixa. Bem feito para você, meu velho Lupin, por querer uma última sensação, e exagerou. Não podia ter tagarelado tanto.

Ele se colou contra a parede. Sob o ataque dos policiais, mais uma almofada da porta cedeu e Ganimard podia ficar mais à vontade. No máximo três metros separavam os dois adversários, mas uma vitrine em madeira dourada protegia Lupin.

— Faça alguma coisa, Beautrelet — gritou o velho inspetor, fervilhando de raiva —, atire nele, em vez de ficar só olhando!

Isidore, de fato, não se mexia. Parecia um espectador interessado, mas indeciso. Juntando todas as suas forças, ele tentou participar da luta e atirar, pois o alvo estava ao seu alcance. Um sentimento obscuro o impedia de fazer isso.

O chamado de Ganimard o despertou. Sua mão foi à coronha do revólver. Ele pensou:

"Se tomo partido, Lupin está perdido… e tenho esse direito… é meu dever…"

Os olhos de ambos se encontraram. Os de Lupin estavam calmos, atentos, demonstravam curiosidade, como se, diante do terrível perigo que o ameaçava, ele se interessasse mais pelo problema moral que afligia o jovem. Isidore se decidiria a dar o golpe de misericórdia no inimigo vencido? A porta cedeu de cima a baixo.

— Comigo, Beautrelet! Vamos pegá-lo.

Isidore ergueu o revólver.

O que se passou foi tão rápido que ele, por assim dizer, só se deu conta mais tarde. Viu Lupin se abaixar, correr ao longo da parede, passar rente à porta por baixo da arma que Ganimard inutilmente brandia, e então sentiu que fora jogado no chão, agarrado e levantado por uma força indomável.

Lupin o mantinha no ar, como um escudo vivo que o protegia.

— Aposto dez contra um que escapo, Ganimard! Como vê, Lupin tem sempre um ás na manga...

Ele recuou rapidamente na direção do tríptico. Mantendo com uma mão Beautrelet contra seu peito, com a outra ele abriu caminho e fechou a porta. Estava a salvo... Logo adiante havia uma escada que descia, muito íngreme.

— Em frente — disse Lupin, empurrando Beautrelet. — A infantaria ficou para trás... tratemos agora da Marinha francesa. Depois de Waterloo, Trafalgar... Está tendo um bocado de diversão, hein, menino? Pois é mesmo bem engraçado, estão batendo agora no tríptico... Tarde demais, rapazes... Rápido com isso, Beautrelet, ande!

A escada escavada na Agulha, na sua casca, literalmente, descia em torno da pirâmide, envolvendo-a como a espiral de um tobogã.

Um empurrando o outro, degringolavam ambos degraus abaixo, saltando-os de dois em dois, de três em três. Num ou noutro lugar entrava um jato de luz por alguma fenda e Beautrelet tinha o rápido vislumbre dos barcos de pesca que manobravam a poucas dezenas de metros e do torpedeiro negro...

Desciam, continuavam a descer; Isidore em silêncio e Lupin sempre exuberante.

— Bem que gostaria de saber o que Ganimard anda fazendo. Será que desce às pressas pelas outras escadas para bloquear a entrada do túnel? Não, não é tão bobo assim... Deve ter deixado quatro homens por lá... e quatro já bastam.

Ele parou.

— Ouça... Estão gritando lá em cima... Entendi, devem ter aberto a janela e avisam a frota... Veja... o pessoal se agita nos barcos... trocam sinais... o torpedeiro se move... Esse bom torpedeiro! Eu te conheço, vieste do Havre... Canhoneiros, a postos!... Ora, lá está o comandante... Olá, Duguay-Trouin.

Ele passou a mão por uma abertura e agitou um lenço. Depois voltou à caminhada.

— A frota inimiga põe todos os remos de fora — ele zombou. — A abordagem é iminente. Santo Deus, como estou me divertindo!

Ouviam-se vozes mais abaixo. Estavam já perto do nível do mar e logo em seguida desembocaram numa ampla gruta em que duas lanternas iam e vinham no escuro. Um vulto surgiu e uma mulher abraçou Lupin.

— Rápido! Rápido! Já estava preocupada! Por que demorou tanto?... Não está sozinho?

Lupin tranquilizou-a.

— É nosso amigo Beautrelet... Imagine que o amigo Beautrelet teve a delicadeza... mas, deixe, conto depois... não temos muito tempo… Charolais, estás aí? Bom, ótimo… E nossa nave?

Charolais respondeu: "Está pronta".

Logo em seguida, ouviu-se o barulho de um motor e Beautrelet, que pouco a pouco acostumava os olhos à escuridão, por fim percebeu que se encontravam numa espécie de cais à beira d'água e, diante deles, flutuava uma estranha embarcação.

— Uma embarcação a motor — explicou Lupin, completando as observações de Beautrelet. — Confesse que tudo isso o impressiona, hein, velho Isidore… Não entendeu? Como a água do mar se infiltra nessa escavação a cada maré, tenho aqui um pequeno ancoradouro invisível e seguro.

— Mas fechado — ponderou Beautrelet. — Ninguém pode entrar, ninguém pode sair.

— Eu posso — retrucou Lupin. — Você vai ver.

Ele acompanhou Raymonde a bordo e voltou para ajudar Beautrelet, que hesitou.

— Está com medo? — perguntou Lupin.

— De quê?

— De ser afundado pelo torpedeiro.

— Não.

— Então ainda se pergunta se seu dever não é o de ficar do lado Ganimard, onde há justiça, sociedade e moral, em vez de seguir para o lado Lupin, onde há opróbrio, infâmia, desonra?

— Mais ou menos isso.

— Infelizmente, meu garoto, você não tem escolha... Por ora, é preciso que nos imaginem mortos, os dois... e que deixem em paz um futuro homem honesto. Mais tarde, quando eu o puser livre, vai poder falar à vontade... não estarei mais correndo risco.

Pela maneira como seu braço foi pego, Beautrelet viu ser besteira resistir. Além disso, por que resistir? Não tinha o direito de assumir a simpatia que, apesar de tudo, Lupin lhe inspirava? Isso ficou tão claro que ele teve vontade de dizer: "Ouça, você corre um perigo mais grave, Sholmes está nos seus calcanhares".

— Vamos, não percamos mais tempo — apressou-o Lupin, antes que ele se decidisse a falar.

Entrou na embarcação, cuja forma era estranha, com um aspecto totalmente diferente.

Uma vez no convés, desceram os degraus de uma escadinha abrupta, quase reta, presa a um alçapão, que foi fechado assim que eles passaram.

Lá embaixo, fortemente iluminado, abria-se um espaço de dimensões muito limitadas, onde Raymonde já se encontrava e havia lugar para no máximo três pessoas se sentarem. Lupin puxou um fone acústico e avisou:

— Podemos ir, Charolais.

Isidore teve a impressão desagradável de descer, como se estivesse num elevador, a sensação de perder o pé, perder o apoio do chão, estar no vazio. Só que era da água que se perdia o apoio, com o vazio se abrindo pouco a pouco...

— Estamos afundando, hein? — riu Lupin. — Fique tranquilo... é só o tempo de passar da gruta superior, em que estamos, à outra, menor, mais abaixo e semiaberta ao mar... na qual se pode entrar com a maré baixa... Todo mundo que colhe marisco por aqui a conhece... Ah! Dez segundos e estamos atravessando, a passagem é muito estreita! Da largura desse submarino...

— Mas como faz para que os catadores de mariscos que entram na gruta de baixo não vejam que há um buraco no alto, que a comunica com a outra gruta, de onde parte uma escada que atravessa a Agulha? A verdade está diante de qualquer um.

— Engano seu! Na maré baixa, a abóbada da grutinha aberta ao público é fechada por um teto móvel, camuflado com a cor da pedra. Quando o mar cresce, esse teto se desloca e sobe junto; quando desce, ele se reposiciona sozinho, fechando hermeticamente o alto da pequena gruta. Por isso é que posso passar com a maré alta... Esperto, não é? Ideia dessezinho aqui... É verdade que nem César nem Luís xiv, ou qualquer um dos meus antepassados, poderia ter pensado nisso, pois não tinham um submarino... Limitavam-se à escada que, até então, descia até a gruta pequena, de baixo... Acabei suprimindo os últimos degraus e imaginando esse teto retrátil. Mais um presente que lego à França... Raymonde, querida, apague o lampião ao seu lado... não precisamos mais... pelo contrário.

De fato, uma pálida luz, que parecia da própria cor da água, os recebeu quando saíram da gruta, entrando na cabine por duas escotilhas e por uma forte calota de vidro que ultrapassava um pouco o convés e permitia que vissem as camadas superiores do mar.

Imediatamente uma sombra passou acima deles.

— O ataque vai começar. A frota inimiga cerca a Agulha... Mas por mais oca que seja, me pergunto como vão entrar...

Ele pegou o fone:

— Vamos nos manter no fundo, Charolais... Aonde vamos?... Como eu tinha dito... Para Porto Lupin... e a toda velocidade. É preciso haver água para atracar... temos uma senhora a bordo.

Passavam rente à planície de pedras. As algas se agitavam como uma densa vegetação escura, que as correntezas profundas faziam graciosamente ondular, soltas, como cabelos que flutuassem. Passaram sob outra sombra, bem mais comprida...

— É o torpedeiro — disse Lupin. — O canhão vai falar... O que fará Duguay-Trouin? Bombardeará a Agulha? Que perda a nossa, Beautrelet, não podendo assistir ao encontro de Ganimard e Duguay-Trouin! A junção das forças terrestres e navais! Ei, Charolais! Está dormindo?

Estavam, no entanto, avançando rápido. Bancos de areia sucederam as pedras e, logo depois, outros rochedos, os da ponta direita de Étretat, a Porta de Amont. Peixes partiam em disparada à medida que o submarino se aproximava. Um mais ousado se prendeu na escotilha e os olhava com olhos arregalados e fixos.

— Até que enfim estamos andando — exclamou Lupin. — O que diz do meu brinquedo, Beautrelet? Nada mau, não é? Você se lembra da aventura do sete de copas, o fim miserável do engenheiro Lacombe e como, depois de punir os assassinos, ofereci ao Estado seus papéis e projetos para a construção de um novo submarino? Foi mais um presente que dei à França, diga-se. Pois bem, daqueles projetos peguei para mim o de uma embarcação submersível a motor, essa em que você está tendo a honra de navegar na minha companhia...

Ele chamou Charolais.

— Podemos subir, passou o perigo...

Chegaram rapidamente à superfície e a calota de vidro emergiu. Estavam a uma milha da costa, ou seja, fora de qualquer campo de visão, e Beautrelet pôde ter uma ideia mais precisa da velocidade vertiginosa com que avançavam.

Passaram por Fécamp e depois por todas as praias normandas, Saint-Pierre, Petites-Dalles, Veulettes, Saint-Valery, Veules, Quiberville.

Lupin continuava a fazer brincadeiras e Isidore não se cansava de admirá-lo, encantado com sua verve, sua jovial animação e irônica descontração, sua alegria de viver, em suma.

Mas observava também Raymonde, que permanecia em silêncio, colada ao bem-amado. Ela frequentemente o olhava, estavam de mãos dadas, e Beautrelet notou que as dela de vez em quando se crispavam um pouco. Nesses momentos, também a tristeza dos seus olhos se acentuava, dando sempre a impressão de uma muda e dolorosa reação aos sarcasmos de Lupin. Era como se tanta leviandade na maneira de falar e aquela visão ferina da vida lhe causassem algum sofrimento.

— Não fale assim — ela dizia. — Está provocando o destino. Tudo isso pode nos atingir!

Chegando à frente de Dieppe, foi preciso novamente mergulhar para não serem vistos dos barcos de pesca. Vinte minutos depois, tomaram a direção do litoral, até um pequeno porto submerso, formado por um corte irregular entre os rochedos. Acostaram junto a um molhe e emergiram devagar.

— Porto Lupin — anunciou seu dono.

O local ficava a cinco léguas de Dieppe e a três de Tréport, abrigado à direita e à esquerda por dois desabamentos de pedras do penhasco. Era totalmente deserto, e areia fina cobria o declive da pequena praia.

— Desembarcar, Beautrelet... Raymonde, me dê a mão... Você, Charolais, volte à Agulha para ver o que está acontecendo com Ganimard e Duguay-Trouin. Venha me contar no final do dia. Toda essa história me deixa curiosíssimo!

Com certa apreensão, Beautrelet se perguntava como saíriam daquela enseada enclausurada chamada Porto Lupin, mas percebeu, na base do penhasco, os degraus de uma escadinha de ferro.

— Isidore — disse Lupin —, se tiver estudado direito geografia e história, deve saber que estamos abaixo da garganta de Parfonval, na comuna de Biville. Há mais de um século, na noite de 23 de agosto de 1803, Georges Cadoual e seis asseclas desembarcaram aqui e escalaram o penhasco pelo caminho que vou mostrar. Ele havia planejado sequestrar Bonaparte, que era ainda primeiro cônsul. Depois disso, desabamentos destruíram esse caminho. Valméras, no entanto, mais conhecido como Arsène Lupin, restaurou-o às suas custas e comprou a fazenda de Neuvilette, onde os conjurados haviam passado a primeira noite e onde, aposentando-se, desinteressado das coisas desse mundo, ele pretende levar, na companhia de sua mãe e da esposa, uma vida respeitável de pequeno proprietário fundiário. Morte ao ladrão de casaca e viva o fazendeiro de casaca!

Depois da escada vinha uma garganta abrupta, aberta pela erosão, no fundo da qual se via um simulacro de escada com corrimão. Como explicou Lupin, o corrimão fora colocado substituindo a *estamperche*, uma corda comprida que as pessoas da região usavam para facilitar a descida até a praia. Depois de meia hora de subida, eles chegaram a um terreno plano onde se via, não distante, um desses abrigos escavados em plena terra para os guardas da alfândega que vigiavam o litoral. Coincidentemente, na primeira curva do caminho, um deles apareceu.

— Alguma novidade, Gomel? — perguntou Lupin.

— Nenhuma, chefe.

— Ninguém esquisito?

— Não, quer dizer...

— O quê?

— Sabe? Minha mulher, que é costureira em Neuvillette...

— Sei... Césarine... O que tem?

— Parece que um marinheiro andava hoje de manhã pelo vilarejo...

— E tinha cara de quê, esse marinheiro?

— Uma cara esquisita... De inglês.

— Ah! — preocupou-se Lupin. — E você disse a Césarine...

— Que ficasse de olho nele, chefe.

— Ótimo. Ajude Charolais, que deve voltar daqui a duas ou três horas... Se acontecer qualquer coisa, estou na fazenda.

Ele retomou o caminho e disse a Beautrelet:

— É preocupante... Será Sholmes? Irritado como deve estar, pode-se esperar dele qualquer tipo de coisa.

Pensou um pouco:

— Talvez fosse melhor voltar atrás... Estou com maus pressentimentos...

Planícies ligeiramente onduladas se estendiam a perder de vista. Um pouco à esquerda, belas fileiras de árvores assinalavam o caminho para a fazenda de Neuvillette, da qual se podiam ver algumas casas. Era o retiro que ele vinha preparando para a aposentadoria prometida a Raymonde. Iria, por absurdos presságios, desistir da felicidade no momento mesmo em que atingia seu objetivo?

Ele pegou Isidore pelo braço e, mostrando Raymonde, que seguia mais à frente, confidenciou:

— Olhe para ela. Caminhando, o corpo tem um ligeiro balanço que não posso ver sem que mexa comigo... Mas tudo nela causa em mim esse efeito de emoção e amor. Os gestos tanto quanto a imobilidade, o silêncio tanto quanto a fala. Só o fato de seguir seus passos já me causa bem-estar. Ah, Beautrelet! Conseguirá ela esquecer que eu fui Lupin? Poderei apagar da sua lembrança todo esse passado que ela detesta?

Ele se controlou e, com obstinada segurança, prosseguiu:

— Ela esquecerá! Esquecerá, pois fiz todos os sacrifícios. Sacrifiquei o refúgio inviolável da Agulha Oca, sacrifiquei meus tesouros, meu poder, meu orgulho... posso sacrificar tudo... Não quero mais ser coisa alguma... apenas alguém que ama... alguém honesto, já que ela só pode amar alguém honesto... Afinal, que mal pode haver em ser honesto? Não é mais desonroso que qualquer outra coisa...

A brincadeira escapou, por assim dizer, contra sua vontade. Mas sua voz ficou grave e, sem qualquer ironia, ele murmurou com contida violência:

— É incrível que de todas as extremas alegrias que minha vida de aventuras me proporcionou nenhuma se compare à alegria de ver o olhar de Raymonde quando ela está contente comigo... Nessa hora sinto-me totalmente vulnerável... e tenho vontade de chorar...

Estaria chorando? Beautrelet teve a impressão de que lágrimas molhavam seus olhos. Lágrimas nos olhos de Lupin! Lágrimas de amor.

Aproximavam-se de um velho portão que era a entrada da fazenda. Lupin parou por um segundo e estremeceu:

— Por que estou com medo? Sinto um peso no peito... Será que a aventura da Agulha Oca não terminou? Será que o destino não aceita o desfecho que escolhi?

Raymonde se voltou para eles, parecendo preocupada, e disse:

— É Césarine, que vem correndo...

A mulher do guarda da alfândega chegava da casa às pressas. Lupin apressou o passo até ela:

— O que houve? Diga!

Sem fôlego, quase sem conseguir falar, ela gaguejou:

— Um homem... tem um homem na sala.

— O inglês de hoje de manhã?

— Sim... mas com outro disfarce.

— Ele a viu?

— Não. Viu sua mãe. Ela o surpreendeu no momento em que já ia embora.

— E o que houve?

— Ele disse que procurava Louis Valméras, que era um amigo seu.

— E depois?

— A senhora disse que o filho estava viajando... por alguns anos.

— E ele foi embora?

— Não. E fez sinais da janela que dá para a planície... como se chamasse alguém.

Lupin parecia não saber o que fazer. Um grito cortou o ar. Raymonde gemeu:

— É sua mãe... reconheci...

Ele correu até ela e, puxando-a com um ímpeto feroz, disse:

— Venha... é preciso fugir... você primeiro...

Mas imediatamente ele parou, perdido, transtornado.

— Não, não posso... seria horrível... Desculpe-me, Raymonde... A pobre mulher... Fique aqui... Beautrelet, não desgrude dela.

Ele correu ao longo de um barranco em volta da fazenda, dobrou, continuou correndo até a porteira que dava para a planície... Nada pôde conter Raymonde e ela chegou ali quase ao mesmo tempo que o marido. Escondido atrás de algumas árvores, Beautrelet viu, na aleia deserta que ia da fazenda à porteira, três homens se aproximando. O mais alto deles andava à frente e os dois outros seguravam pelos braços uma mulher que tentava resistir, com gemidos de dor.

A tarde começava a cair, mas Beautrelet reconheceu Herlock Sholmes. A mulher era idosa, e cabelos brancos emolduravam seu rosto lívido. Os quatro chegavam à porteira e Sholmes abriu um dos batentes. Lupin avançou e plantou-se bem à sua frente.

O choque pareceu ainda mais brutal por ter sido em silêncio, quase solene. Por um bom tempo os dois inimigos se mediram. O mesmo ódio parecia contrair ambos os rostos, mas eles não se moviam.

Lupin afinal disse, com assustadora calma:

— Mande que seus homens soltem essa mulher.

— Não!

Podia-se pensar que os dois temiam dar início à luta suprema e que reuniam todas as suas forças. Não havia mais palavras inúteis ou provocações debochadas. Apenas o silêncio, um silêncio mortal.

Enlouquecida de aflição, Raymonde esperava o desenlace. Beautrelet segurava seu braço para que ficasse quieta. Passado um instante, Lupin repetiu:

— Mande que seus homens soltem essa mulher.

— Não!

Lupin começou:

— Ouça, Sholmes...

Mas parou, compreendendo a estupidez das palavras. Diante daquele colosso de orgulho e de vontade chamado Sholmes, o que podiam significar as ameaças?

Decidido a tudo, ele bruscamente levou a mão ao bolso do paletó. O inglês percebeu e, dando um salto, dirigiu o cano do próprio revólver para a cabeça da prisioneira, a duas polegadas da têmpora.

— Não se mova, Lupin, ou eu atiro.

Ao mesmo tempo, os dois companheiros sacaram suas armas e as apontaram contra Lupin. Tentando dominar a raiva que fervilhava em seu interior, ele se contraiu e friamente, com as duas mãos nos bolsos e o peito aberto, repetiu:

— Sholmes, pela terceira vez, deixe essa mulher em paz.

O inglês riu:

— Não se pode nem encostar nela? Vamos acabar com a brincadeira! Você se chama Valméras tanto quanto se chama Lupin, são só nomes que rouba, como roubou o de Charmerace. E esta que diz ser sua mãe é Victoire, sua velha cúmplice, que o criou...

Sholmes cometeu um erro. Levado pelo desejo de vingança, ele olhou para Raymonde, a quem aquelas revelações enchiam de horror. Lupin se aproveitou da imprudência. Com um movimento rápido, atirou.

— Diabos! — urrou Sholmes, com o braço caindo ao longo do corpo, atravessado pela bala.

Ele gritou aos outros dois:

— Estão esperando o quê? Atirem!

Mas Lupin havia saltado em cima deles e, em menos de dois segundos, o da direita já rolava pelo chão com o peito afundado, enquanto o outro, com o maxilar quebrado, desabava contra a porteira.

— Mexa-se, Victoire... amarre-os... E agora, inglês, nós dois... — mas foi obrigado a se abaixar, praguejando:

— Ah, canalha!

Sholmes tinha apanhado o revólver com a mão esquerda e apontava para ele.

Ouviu-se o tiro... e um grito de dor. Raymonde havia se jogado entre os dois, de frente para o inglês. Ela cambaleou, levou a mão à garganta, endireitou-se, girou e caiu aos pés de Lupin.

— Raymonde! Raymonde!

Ele se jogou em cima dela, abraçando-a.

— Está morta!

Houve um momento de surpresa geral. Sholmes parecia não entender o que havia feito. Victoire choramingava:

— Meu menino, meu menino!

Beautrelet se debruçou sobre a jovem para examiná-la. Lupin só repetia: "Morta... morta...", com um tom pausado, como se não compreendesse ainda.

Então seu rosto se contraiu e, bruscamente transformado, arrasado de dor, ele foi tomado por uma espécie de loucura, com gestos desatinados, torcendo as mãos, batendo os pés como uma criança que sofre.

— Maldito! — ele gritou de repente, num acesso de ódio.

Num choque formidável ele derrubou Sholmes e o agarrou pela garganta, afundando os dedos crispados na sua pele. O inglês estrebuchava, sem nem mesmo reagir.

— Meu menino, meu menino — suplicou Victoire.

Beautrelet veio correndo, mas Lupin já havia largado o inimigo e, ao lado dele, chorava.

Espetáculo terrível! Beautrelet jamais esqueceria seu horror trágico, conhecendo todo o amor que Lupin tinha por Raymonde e tudo de que o grande aventureiro tinha aberto mão para poder contar com o sorriso da bem-amada.

A noite começava a cobrir com sua mortalha de sombra o campo de batalha. Os três ingleses, amarrados e amordaçados, estavam jogados na relva alta. Canções se espalharam suaves pelo vasto silêncio da planície. Eram moradores de Neuvillette que voltavam do trabalho.

Lupin levantou-se. Ouviu as vozes monótonas. Depois olhou para a fazenda feliz onde tanto havia esperado viver em paz com Raymonde. Em seguida, contemplou a eterna namorada, a quem o amor havia matado e que dormia, toda branca, o sono definitivo.

Os camponeses se aproximaram. Lupin então se abaixou, pegou a morta em seus fortes braços, ergueu-a e a pôs em suas costas.

— Vamos embora, Victoire.

— Vamos, meu menino.

— Adeus, Beautrelet.

Carregando seu precioso e terrível fardo, seguido pela velha ama, silencioso e imperturbável, ele tomou a direção do mar, desaparecendo nas sombras profundas.

Cronologia

VIDA E OBRA DE MAURICE LEBLANC

1864 | 11 nov.: Nasce Maurice Marie-Émile Leblanc em Rouen, Normandia, França. Filho de Émile Leblanc, rico empresário da construção naval e do setor têxtil, e Mathilde Blanche, herdeira de uma tradicional família normanda, é criado num ambiente de grande admiração por toda forma de arte.

1869 | 8 fev.: Nascimento de Georgette Leblanc, irmã de Maurice, futura cantora e atriz de sucesso na França.

1870: Em meio à guerra franco-prussiana, Émile Leblanc envia o filho para a Escócia.

1871: Maurice retorna a Rouen.

1871-88: É educado entre França, Alemanha e Itália.

1888: Com o objetivo de se dedicar integralmente à escrita, abandona a faculdade de direito e o emprego na empresa do pai e muda-se para Paris, onde passa a trabalhar como jornalista para diversos periódicos. Paralelamente, escreve contos, romances e peças teatrais.

1889: Casa-se com Marie-Ernestine Lalanne. O casal terá uma filha, Marie-Louise.

1890: Lançamento de *Des couples* [*Casais*], seu primeiro livro. Autor prolífico, ao longo da vida irá publicar mais de sessenta livros, traduzidos para diversos idiomas.

1893: Lança o romance psicológico *Une femme* [*Uma mulher*].

1895: Separa-se de Marie-Ernestine Lalanne.

1901: Publica o romance autobiográfico *L'Enthousiasme* [*O entusiasmo*] e integra definitivamente o círculo literário parisiense.

1905: Recebe convite do editor Pierre Lafitte para escrever uma novela policial para a revista francesa *Je Sais Tout*. | **15 jul.:** Diante da insistência de Lafitte, lança então "A detenção de Arsène Lupin", primeira aventura do anti-herói que mais tarde será imortalizado como seu principal personagem. Com o sucesso da publicação, Lafitte incentiva Leblanc a escrever mais histórias sobre Lupin. O escritor segue o conselho do amigo e, ao longo das décadas seguintes, fará de Arsène Lupin protagonista de quinze romances, três novelas, 38 contos e quatro peças de teatro, além de dois romances publicados postumamente.

1907 | 10 jun.: Publicação de *Arsène Lupin, o ladrão de casaca*, livro reunindo as nove primeiras aventuras de Arsène Lupin, veiculadas no ano anterior pela *Je Sais Tout*. Reedição de *Une femme*.

1908 | 10 fev.: Publica a coletânea *Arsène Lupin contra Herlock Sholmes*, com dois contos: "A Mulher Loura" e "A lâmpada judaica".

1909: Sai em formato de livro o romance *A Agulha Oca*, que, assim como *Arsène Lupin, o ladrão de casaca* e *Arsène Lupin contra Herlock Sholmes*, foi originalmente publicado como folhetim.

1910: Mais um da série de aventuras de Arsène Lupin: *813*. Última aparição de Herlock Sholmes, é considerado por muitos de seus leitores o melhor livro protagonizado por Lupin. Na obra, o ladrão de casaca é acusado de assassinato e tenta provar sua inocência.

1912: É condecorado com a Legião de Honra e lança *A rolha de cristal*, com Lupin, e *La frontière* [*A fronteira*]. Divorciado, casa-se novamente e tem um filho, Claude.

1913: Publica a coletânea de contos *As confidências de Arsène Lupin*.

1914: Escreve *Os dentes do tigre*, também da série com Lupin.

1916: Lança mais uma novela da série, *O estilhaço da granada*, e *La faute de Julie* [*O erro de Julie*].

1918: Publicação de outro título com Lupin, *O triângulo de ouro*.

1919: Vende para Hollywood os direitos de adaptação para o cinema dos livros *Os dentes do tigre* e *813*. Publica o livro de ficção científica *Les trois yeux* [*Os três olhos*] e um novo volume da série Arsène Lupin, *A ilha dos trinta ataúdes*.

1920: Lança *Le formidable evénement* [*O acontecimento extraordinário*], outra ficção científica.

1921: Publica *Os dentes do tigre*.

1922: Lançamento de *Le cercle rouge* [*O círculo vermelho*], romance policial sem a presença de Lupin.

1923: Publicação da coletânea de contos *As oito pancadas do relógio*, da série Arsène Lupin, e *Dorothée, danseuse de corde*, que foi lançado no Brasil como *A rival de Arsène Lupin*, mas não conta com o personagem.

1924-28: Mais três livros da série com Lupin: *A condessa de Cagliostro*, *A moça dos olhos verdes* e *A agência Barnett & Cia*.

1931: Vende direitos de adaptação de alguns de seus livros para a Metro Goldwyn Mayer.

1932: Adaptação para o cinema das histórias de Arsène Lupin, dirigida pelo também produtor e ator americano Jack Conway. O filme foi distribuído pela Metro Goldwyn Mayer.

1934: Publicação de *L'Image de la femme nue* [*A imagem da mulher nua*] e *Arsène Lupin, na pele da polícia*.

1935: Sai um novo Lupin, *A vingança da Cagliostro*.

1938: *O retorno de Arsène Lupin*, nova adaptação para o cinema dirigida pelo produtor e diretor francês George Fitzmaurice.

1941 | 6 nov.: Aos 76 anos, com problemas pulmonares, morre em Perpignan, sul da França, próximo à fronteira com a Espanha. Publicação póstuma de *Os bilhões de Arsène Lupin*.

1962: Adaptação para o cinema de *Arsène Lupin contra Arsène Lupin*, por Édouard Molinaro.

1973: Publicação de *O segredo de Eunerville*, primeiro dos cinco livros de Arsène Lupin escritos na década de 1970 pela dupla Pierre Boileau e Thomas Narcejac, com autorização dos herdeiros de Leblanc.

2004: Lançamento de *Arsène Lupin – o ladrão mais charmoso do mundo*, filme dirigido por Jean-Paul Salomé.

2012: Publicação póstuma de *O último amor de Arsène Lupin*.

ESTA OBRA FOI COMPOSTA POR MARI TABOADA
EM LE MONDE LIVRE E IMPRESSA EM OFSETE PELA
GEOGRÁFICA SOBRE PAPEL PÓLEN SOFT DA SUZANO S.A.
PARA A EDITORA SCHWARCZ EM JUNHO DE 2021

A marca FSC® é a garantia de que a madeira utilizada na fabricação do papel deste livro provém de florestas que foram gerenciadas de maneira ambientalmente correta, socialmente justa e economicamente viável, além de outras fontes de origem controlada.